KB096712

커피 칸타타, 한낮에 꾸는 꿈

커피 칸타타, 한낮에 꾸는 꿈

발 행 | 2023년 01월 03일
저 자 | 김유진, 신현기, 최수빈
펴낸이 | 한건희
펴낸곳 | 주식회사 부크크
출판사등록 | 2014.07.15.(제2014-16호)
주 소 | 서울특별시 금천구 가산디지털1로 119 SK트윈타워 A동 305호
전 화 | 1670-8316
이메일 | info@bookk.co.kr

ISBN | 979-11-410-0998-4

커피 칸타타

한낮에 꾸는 꿈

MENU

프롤로그

 그러니까 '커피 칸타타'가 위치한 곳은 행정구역상으로는 엄연
히 서울이다. 물론, 걸어서 경기도 땅을 밟기까지 십여 분이면 충
분하지만 말이다. '커피 칸타타'의 사장인 장연수 씨는 이 위치나
마 자신의 가게를 갖게 되어 다행이라고 생각했다.

 나이 서른다섯의 많다면 많고 적다면 적은 나이에 퇴직을 하고
카페 사장으로서의 새 커리어를 선택한 것이 꼭 그녀의 선택만은
아니었다. 그녀는 자신이 자영업을 하리라고 생각해 본 적은 없었
다. 사람 상대하는 일에 쥐약이었던 그녀는 최대한 사람 만날 일이
없는 사무실에 취직했다.

 급여는 그럭저럭 괜찮았다. 어차피 남들과 어울리기를 그리 즐기

는 타입도 아니었기에, 회사 분위기에도 크게 개의치 않았다. 그런 그녀가 회사를 그만둘 결심을 한 것은 삼 년 전의 일이었다.

여느 날과 같이 평범하게 지하철 2호선을 타고 출근하던 그녀는 문득 깨달았다.

'생일이 지났다.'

그날은 11월 8일이었다. 그녀의 생일은 11월 7일이다. 하루가 지난 것이다. 그것도 전날의 자정까지는 의식하지도 못했다. 물론, 따지고 보면 별일도 아니었다. 자신이 자신의 생일을 잊은 것이 회사의 책임도 아니고, 동료들에게 따로 언질을 준 적도 없으니 기억해내지 못한 동료들에 분개하는 것은 논리적으로도 옳지 않다.

그녀는 그저 자신에게 화가 났을 뿐이었다. 아무것도 몰랐다. 그렇게 서른두 살의 장연수 씨는 역삼역에서 내리지 않았다. 길게 한 바퀴 돌아 다시 성수역으로 돌아온 그녀는 상사에게 메일을 보냈다. 무례하다고는 생각했다. 무책임하게 보일 수 있겠다고도 생각했다. 그러나 두렵지는 않았다. 회사는 그녀에게 딱 그만큼의 의미였다.

그녀는 퇴직금에 더해 가족에게 돈을 빌리고. 주위에서 돈을 긁어모아 그렇게 '커피 칸타타'를 개업했다. '커피 칸타타'는 바흐의 음악에서 따온 이름이다. 그 양반 커피 참 좋아했나 보다. 사실 바흐에 대해 아는 것도 별로 없던 그녀는 이 음악을 듣고 난 뒤 바흐가 괜히 친근하기까지 했다.

그녀가 '커피 칸타타'라는 음악을 처음 알게 된 것은 그녀의 남자친구 덕분이었다. 성악을 전공한 그녀는 음대에 다니던 두 살 연상의 선배를 만나 짧지 않은 시간을 보냈다. 그렇다고 카페의 이름을 그 음악으로 정한 것이 꼭 그 남자와의 추억 때문은 아니었다.

장연수 씨는 그리 과거에 연연하는 사람은 아니었다. 그저 커피에 대한 바흐의 열정이 재밌다고 느꼈을 뿐이었다. 물론 그렇다고 지금의 남편에게 '커피 칸타타'를 처음 알게 된 경위까지 굳이 밝히지는 않았다. 장연수 씨는 과거에 연연하지 않는 사람이었지만 그렇다고 멍청한 사람은 아니니까.

'커피 칸타타' 꽤 마음에 드는 이름이었다. 그러나 아마 이 글을 읽는 많은 이들이 그러했겠지만, 이 이름은 모 기업의 캔 커피에서 따온 이름인가 하는 오해를 당하기 십상이다.

장연수 씨는 처음에는 이름에 대한 오해에 대해 걱정을 했지만, 카페를 연 지 어언 삼 년이 지난 지금에 와서는 그리 신경을 쓰지 않는다. 어차피 배달은 스타벅스나 투썸플레이스 같은 메이커 카페에서 시키고, 커피 칸타타는 동네 사람들과 골목의 행인들을 상대로 장사를 하는데, 그 사람들은 커피 칸타타를 '커피 칸타타'가 아니라 '공원 앞 그 카페'로 생각하거나 이름은 보지 않고 그냥 커피 냄새를 맡고 들어오기 때문이다.

장연수 씨는 자신이 나름 공들여 지은 그 이름이 이토록 철저히 무시당하는 현실에 대해 아쉬워해야 할지 다행스러워해야 할지 고민이었으나, 그런 고민쯤은 접어두기로 했다.

　장사는 그럭저럭 나쁘지 않았다. 회사에 다닐 때보다 수익은 줄었지만, 노하우도 없이 열었던 것 치고는 사람도 꽤 들어왔다. 그렇게 그녀는 삼 년간 '커피 칸타타'에 꽤 정이 들었다. 그리고 손님들도 그런 듯해서 다행이라고 그녀는 생각했다.

　오픈 시간은 늘 그녀 혼자였다. 그녀 자체가 아침에 일어나는 데에 큰 부담이 없기도 했고, 하루의 시작과 끝은 직접 마무리하는 것이 직성이 풀리는 그녀의 성정 탓이기도 했다.

　카페가 자리 잡히자, 장연수 씨는 슬슬 카페를 즐기기 시작했다. 그녀는 사람들을 보는 것이 좋았다. 물론, 그들과 어울리는 것을 즐기지는 않았다. 그녀는 그런 타입이 아니었으니까. 그저 그들을 바라보는 것은 참 즐거웠다.

　'커피 칸타타'는 그 입지 탓에 무던히도 다양한 사람들이 드나들었다. 그들은 저마다 표정도 행색도 제각각이었다. 장연수 씨는 그 많은 이들의 사연 하나하나를 쌓으면, 카페 앞 거친 내리막길을 꽉 채우고도 남으리라고 생각하곤 했다.

　아침 여덟 시, 오늘도 어김없이 장연수 씨는 '커피 칸타타'의 문을 시원하게 열어젖혔다. 얼굴들이, 생각들이, 이야기들이, 꿈들이 '커피 칸타타'를 향해 달려오는 것만 같았다.

1부

쓸쓸한 삶에 휘핑 살포시

카페모카

신현기

1부 쓸쓸한 삶에 휘핑 살포시

카페모카

깨어진 벽의 틈 사이로 한 줄기 햇빛이 아스라이 들이닥쳐 이수의 눈을 괴롭혔다.

"젠장, 먼지 들어오겠다."

지난 회오리 이후 도시의 사방에 흩뿌려진 먼지는 나흘이 지나도록 가라앉지 않고 있었다. 이수는 벽에 덧대어 놓았던 나무가 떨어진 것을 그제야 알았다. 그러고는 햇빛이 들어오던 벽의 틈새 사이로 바깥을 엿보았다.

"이것 봐 토토. 너는 개면 개답게 사람보다 귀는 좋아야 할 것 아니니?"

그녀는 나무가 떨어지는 소리에도 아랑곳 않고 조금 전까지의 그녀보다 더 깊은 잠을 자는 듯한 강아지 토토에게 괜히 화풀이를 했다. 먼지가 얼마나 들어왔는지, 이미 창틀에는 시뻘건 모래가 얇게 한 층 쌓여 있었다. 그녀는 침대 옆 탁자에 놓인 두건으로 얼굴을 가리고 토토를 깨워 골목으로 나섰다. 회오리는 먼지를 불러오지만, 동시에 이전에는 없던 물건들을 실어 날라주기도 하고 꼭 필요했던 나뭇조각이나 건물을 부숴주기도 한다.

"어제는 킹스 스트리트까지 다녀왔으니, 오늘은 메인 스트리트 쪽으로 가보자."

전날의 산책에서 그녀는 꽤 상태가 양호한 드로이드를 건졌다. 등판을 열어보니, 회로에는 모래가 많이 들어가지 않아, 떼어내면 그럭저럭 쓸 수 있을 것 같았다.

무너진 총포상 앞에서 주운 권총을 주머니에 넣은 그녀는 총알이 없는 것을 확인했지만, 그것을 부적처럼 들고 다녔다. 살아있는 사람을 마지막으로 만난 지 이미 253일째였지만 그녀는 새로운 사람을 만나리라는 꿈을, 걱정을, 두려움을 아직은 잃지 않고 있었다.

나는 억지로 감고 있던 눈을 뜨고 눈길을 오른쪽으로 옮겼다. 창문을 덮고 있는 블라인드는 제법 자기 역할을 해주고는 있었다. 짙은 갈색의 블라인드는 베이지색 벽지와는 그다지 어울리지 않았지만, 밝은 톤의 블라인드를 고른다면 햇빛을 전혀 가리지 못할 텐데 무슨 의미가 있을까 싶어 짙은 갈색의 블라인드를 골랐다. 그렇게 햇빛을 가리는 역할은 잘해주었지만, 대충 주인아주머니께 동네 업자를 소개받아 싸구려로 해서 그런지 슬슬 해지더니 군데군데 틈이 벌어지기 시작했다. 그렇게 블라인드는 방 안으로 들어오는 햇빛을 막는 역할을 다하지 못하고 있었다.

올여름 모기가 결정타였다. 마감 때문에 하루 종일 자료조사를 다니다가 새벽이 다 되어서야 집에 돌아온 나는 잠시 뒤 떠오를 햇빛을 피하기 위해 침대에 눕기 전에 블라인드를 내렸다. 씻고 나와 불을 끄고 누웠는데, 기어코 내 귓가에서 앵앵거리는 모깃소리에 기분을 다 잡치고 말았다. 차라리 피를 곱게 빨아먹고 꺼지라고 은근히 팔을 내놓긴 했지만, 멍청한 건지 사악한 건지 그 녀석은 내 얼굴 쪽을 떠나지 않았고, 마침내 참을성이 다한 나는 불을 켜고 나의 늦은 잠을 방해한 녀석을 찾았다.

벽에 붙어 있는 녀석을 숱하게 보고도 월세방의 연한 베이지색 벽지에 핏자국이라도 남을까봐 눈물을 머금고 애써 주위에 손뼉 소리를 내어 벽에서 떨어뜨린 뒤에 잡으려고 생쇼를 하던 중이었다. 마침내 블라인드에 내려앉은 녀석을 본 나는 쾌재를 불렀다. 블라인드는 이 집에서 내가 마음 놓고 후려칠 수 있는 몇 안 되는 '내 것' 중의 하나였으니까. 그리고 정말 움직임 하나하나 조심조심 살금살금 블라인드에 앉아 있는 쪼끄만 악마에게 다가가 있는 힘껏 손바닥을 날렸다.

'잡았다!'

그리고 찝찝한 여름밤의 고통과 함께 블라인드도 끝이 났다. 낡은 블라인드에 났던 수많은 상처 중 몇 개가 그 충격을 이기지 못하고 기어코 찢어지고 말았던 것이다. 뭐, 암막 커튼을 바란 것도 아니었으니 그 한 줄기 틈새도 크게 나쁘지는 않다고 생각했다. 얼마 안 되는 돈이라도 굳이 잘 달린 블라인드를 새로 달만큼 내 형편이 여유롭지는 않고, 무엇보다 나는 조만간 성공해서 이 옥탑방을 떠날 것이라는 확신이 있었으니 인테리어는 진정한 내 집에서 하면 되겠지 싶었다.

그게 지난 6월의 일이었다. 그럭저럭 살 만했던 투룸에서 나오게 된 건 룸메이트였던 지민이의 취직 때문이었다. 함께 글로 먹고 살자는 꿈을 꿨던 지민이는 지난 3년의 실패 끝에 낙담하고 잠시 본가로 내려갔다가 아버님의 주선으로 지인이 운영하는 사업체에 채용되었다. 지민이는 굳이 서울에 자취방을 유지할 필요가 없어졌고, 나는 어떻게든 그 집에서 같이 살 룸메이트를 구하려고 했지만 실패했다. 일주일 정도 친구들 집을 전전하던 나는 이곳 옥탑방에 임시로 둥지를 틀었다.

그즈음부터 혼자가 된 나는 돈을 좀 모아야겠다는 생각이 더욱 절실해졌다. 당장 옥탑방에서 벗어나고 싶기도 했고, 길게 보면 나도 언제 지민이처럼 이 꿈에서 이탈할까 하는 걱정도 생겼다. 버지니아 울프는 작가가 온전하게 글을 쓰기 위해서는 자기만의 방과

연간 500파운드 그러니까 안정적인 수입이 필요하다고 말했다. 지금 내게는 안정적인 수입은 없고 딱 하나 가진 방은 첫째, 내 소유가 아니고 둘째로 마음에 들지도 않았다. 총체적 난국이다. 꿈을 포기할 명분은 일단 갖춰진 셈이다.

이것저것 아르바이트도 해보았지만, 그렇게 시간을 써도 돈은 충분히 모이지 않았고, 무엇보다 정작 글을 쓸 동력이 남지 않아버렸다. 그러다가 우연히 연락이 끊겼던 과 선배에게 문자가 왔다. 아직도 글 쓰냐고. 순간 움찔하긴 했다. 글을 쓴 지도, 책을 잡은 지도 시간이 좀 지나 있었으니까. 그렇다고 다른 걸 하고 있냐면 그렇지도 않았기에 일단 그렇다고 답했다. 얼마 뒤 만난 선배는 내게 아르바이트를 제안했다. 대필이었다.

선배는 나 같은 작가 지망생들과 대필 의뢰인들을 주선하는 브로커 일을 하고 있었다. 어느 유명 배우가 에세이집을 출간하고 싶다며 연락을 해왔는데, 그간 세상에 나온 적이 없는 작가의 글이었으면 한다는 것이었다. 그렇게 연락을 돌리던 선배는 내가 아직 잉여 인간으로 남아있다는 걸 알게 되고 연락을 했단다.

아르바이트가 육체적 정신적으로 힘들었던 데다가 수입도 마음에 들지 않았기에, 그리고 무엇보다 그래도 최소한 글과 가까운 일이라는 점 때문에 나는 선배의 제안을 수락했다. 집에 돌아온 나는 시간 날 때 끄적였던 에세이 몇 편을 엄선해서 선배에게 보내주었다. 며칠 뒤 그 배우와 미팅이 잡혔다. 조용한 술집에서 만난 그는 내 글을 꽤 마음에 들어 했다. 그리고 돈은 원래 약속대로 줄 테니 새로 글을 쓸 것 없이 내가 포트폴리오로 보낸 글을 자신의 에세이집에 싣고 싶다고 말했다.

이게 웬 떡인가 싶어 어떤 글을 원하냐고 물었다. 그는 에세이 몇 편을 고르고 '봄밤의 스탠드 앞에서'라는 글이 제일 마음에 든다고 했다. 아차 싶었다. 최대한 잘 보여 보겠다고 내가 아끼는 글들을 그대로 묶어 보낸 게 화근이었다. '봄밤의 스탠드 앞에서'는 내가 가장 아끼는 글이었다. 갓 대학을 졸업하고 글쟁이로서 한 번 살아보겠다는 당찬 자부심과 열정이 담긴, 어쩌면 지난 3년의 실패에도 나를 이 빌어먹을 옥탑방에 남아있게 한 글이었다. 그런 글을 빼앗기게 생긴 셈이다.

물론 대필이라는 단어만 봐도 알 수 있듯이, 대필작가는 출판작가에게 글에 대한 저작권을 요구할 수 없다.

상기 저작물의 일체의 권한은 잔금 입금 완료 후 '갑'에게 영구히 귀속된다.

'을'은 '갑'의 동의 없이 상기 저작물의 전부 또는 일부를 전재하여 사용, 출판하거나 타인 명의로 출판하지 못한다.

그러니까 나는 존재하지 않는 셈이다. 선배가 운영하는 대필 에

이전시의 경우는 더 엄격했다. 대필이라는 것을 양지로 올리려는 시도도 있었고, 대필작가협회도 있다지만 선배는 일부러 그런 메인 스트림에서 최대한 멀어져 음지에서 운영하는 식으로 이 바닥에 자리를 잡았다. 자신의 책이 대필이라는 것을 절대로 알리기 싫은 사람들도 있으니까 말이다. 생초짜인 내게 의뢰가 들어온 것도 다 그 때문이다.

이 정도야 알고 시작한 거라지만, '봄밤의 스탠드 앞에서'를 뺏길 거라는 생각은 해본 적이 없었다. 이 글을 포트폴리오에 묶은 것도 그냥 내 자랑을 하기 위해서였을 뿐, 그 글이 팔릴 거라는 생각은 해본 적이 없었다. 그러나 나는 돈이 필요했고, 우연히 얻은 이 첫 기회를 날릴 수는 없었다. 이번 일이 잘되면 당분간 수입 걱정은 없을 것이었다.

무엇보다 이른바 불로소득이 아닌가. 이런 꿀 알바가 어디에 있냐고… 나는 그의 제안을 받아들였다. 그렇게 나는 나를 기다리게 만든 그 글을, 나의 꿈을 빼앗겼다.

정신을 차리기 위해 블라인드를 걷었다. 옥탑방이지만 방안은 따뜻했다. 집주인 아주머니는 내게 난방비 내는 것보다 시체 치우는 게 고역일 것이라며 얼어 죽지 않을 정도로 난방은 하고 살라고 말씀하셨다. 참 기가 막힌 친절이다. 시계를 보니 오후 1시가 넘어 있었다. 분명히 알람은 11시에 맞춰놨는데, 중간에 깨어난 기억도 선명히 남아있지 않다. 핸드폰에는 짜증 나게도 '부재중 알람'이

떠 있었다. 창문을 가리고 있던 블라인드를 걷자 겨울 햇빛이 나를 비웃으며 들어왔다.

'히히, 봐라. 겨울이라 해도 늦게 뜨는데 너는 지금까지 잉여롭게 누워있었구나?'

나는 괜히 혼자 화가 났지만 할 말은 없었다. 내게는 당장 이틀 뒤까지 제출해야 하는 원고가 하나 있으니까. 그런 상황에 겨울 해가 중천에 뜨도록 찢어진 블라인드 뒤에 숨어 눈을 감고 있었으니 그 정도 조롱은 받아 마땅하다. 그 배우의 의뢰를 성공적으로 마무리하고, 선배는 내게 일감을 몇 개 더 주었다. 역시 에세이집이 대부분이었다.

그리고 이번 의뢰는 처음으로 받은 자서전 의뢰였다. 이전의 에세이집 작업이 책에 들어갈 몇 편의 에세이를 넘겨주는 수준이었다면, 이번의 자서전 의뢰는 그 사람의 자서전 자체를 그 사람과 함께 구성하고 써 내려가야 하는 작업이었다. 의뢰인은 한 사업가였다. 선배가 나를 어떻게 설명했는지 모르지만, 그 사람은 내가 초짜인 걸 알았는지 자신의 글을 맡기에 앞서 일종의 시험을 보길 원했다. 그는 자신의 인생 책에 대한 에세이를 한 편 써서 보여달라고 했다.

"작가 선생님이라면 이미 보셨겠죠? 하하 이 글을 쓴다는 일이 참 쉽지 않은 일일 테니. 누구는 그러더라고요. 한 권의 책을 쓰기 위해서는 도서관을 뭐 탈탈 털어야 한다. 그렇죠?"

그는 너스레를 떨며 호탕하게 웃었다. 나는 처음 듣는 이야기라 그냥 고개만 약간 끄덕였다. 어쨌든 내가 고생을 많이 한다고 생각할수록 내게는 나쁘지 않겠지 싶었다.

"역시 글 쓴다는 양반이 빼케트의 '고도를 기다리며'를 안 읽어봤을 리는 없지. 내가 뭐 작가 선생님 앞에서 이러는 게 뭐 번데기 앞에서 주름잡는 일인가 싶기는 하지마는, 뭐 저도 글깨나 읽기는 했습니다. 제가 이렇게 작가 선생께 글을 의뢰하는 건 제가 이 그 뭐 문장력? 이런 게 크게 딸려서라기보다는 이 아무래도 제가 커다란 기업을 매니징하다 보니 시간이 좀 부족하겠습니까? 내가 말이야 이 정도 만들어 놓으면은 이제 자기들끼리 돌아갈 줄도 알아야지, 하나부터 열... 까지는 아니고 한 일곱 가지 정도는 저를 거쳐 가야 한다는 말이죠. 그래서 나는 이 참 글을 좋아하는 사람인데 항상 그놈의 현실이라는 게 그 녀석과 저를 멀어지게 한다는 말이죠. 아무튼 요는, 뭐 간단합니다. 이 오영진이가 이렇게 작가 선생 앞에까지 당도를 하는 데에는 참으로 크나큰 노력이 있었단 말이죠."

도저히 나이 든 사업가의 '크나큰 노력'을 벌써부터 듣고 싶지는 않았던 나는 위협을 무릅쓰고 사업가의 말을 잘라먹었다.

"네 그 부분은 브로커 통해 전해 들었습니다."

"어쩐지. 나는 그 친구가 마음에 들던데.. 작가 선생... 아니 그

성함이 어떻게 되지? 이제 앞으로 이 오영진이의 근 환갑에 이르는 인생사를 다 털어놔야 할 사람인데 이름도 모르고 하기는 좀 괴팍하지요?"

"강이수입니다."

"아, 이수 씨. 좋아. 어, 어디까지 했더라?"

"자서전 쓰신다고."

"어, 그건 뭐 브로커한테 들었을 거고. 아, 그 친구 얘기하고 있었지 참. 아무튼 내가 그 친구한테 처음 연락이 닿은 게 이게 내 비서가... 아니 내가 비서한테 이 내 삶이 환갑에 이르렀는데, 나도 뭔가를 남겨야 하지 않겠냐 싶어서, 왜 호랑이는 거죽을 남기고..."

우주에서는 누구도 비명소리를 들을 수 없다. 이수가 동면에서 깨어난 지도 벌써 세 시간째였다. 처음 동면 캡슐의 뚜껑이 열렸을 때, 그녀는 일부러 캡슐에서 움직이지 않았다. 발가락을 꼼지락거리고 손가락을 쥐었다 폈다 해보고 목을 양쪽으로 꺾어본 뒤에도 그녀는 움직이지 않았다. 그녀는 캡슐이 열리자마자 그녀에게 달려올 제임스를 기다렸다.

물론 누워서 아무것도 하지 않고 있던 것은 아니다. 그녀는 피부를 감싸고 있던 물을 검지에 찍어서 얼굴 곳곳을 문질렀고 손등을 혀로 살짝 핥아 입 냄새가 심하지는 않은지 확인해 보았다. 그렇게 시간이 조금 지났다고 생각했지만, 누구도 오지 않았고, 말소리도 들리지 않았다. 결국 그녀는 일단 고개를 들어 주위를 살피고 캡슐에 앉아있었다. 그녀 양옆의 캡슐들은 아직 열리지 않았다. 의아했던 그녀는 자리에서 일어나기로 했다. 그녀는 먼저 오른발을 캡슐 밖으로 살짝 꺼내 바닥을 콕 찍어보았다.

'으... 차가워'

아직 감각이 온전히 돌아오지 않은 그녀의 엄지는 차가운 바닥에 닿아 소스라치게 놀랐다. 그녀는 엄지를 움찔하고 다시 캡슐에 발을 집어넣었다. 그녀의 체온에 맞춘 캡슐 안의 물에 잠시 발을 담그고 있던 그녀는 다시 오른발로 바닥을 찍어보았다. 아까보다는 나았다. 그녀는 몸을 완전히 일으켜 두 발을 모두 캡슐 밖으로 내놓고 양팔로 손잡이를 잡아 힘을 주고 캡슐에서 나왔다.

두 발로 일어선 그녀는 잠시 휘청했다가 캡슐 손잡이를 잡고 다시 일어섰다. 약 1,611일 만의 직립보행인 셈이다. 아니, 그런 줄 알았다. 캡슐에 측면에 붙어있는 모니터를 보니 날짜는 출발일로부터 겨우 1,258일이 지나있을 뿐이었다. 궤도도 달랐다. 지금쯤이면 크리오닌 항성계는 진작에 빠져나갔어야 했다. 모니터를 다시 보고서야 이수는 깨달았다. 탐사선은 알파 센타우리로 향하고 있지도 않았다.

뭔가 잘못되었다는 사실을 깨달은 그녀는 중심을 잡고 옆에 누워있는 소피아의 캡슐 쪽으로 걸어가 안을 들여다보았다. 그녀는 여전히 동면 중이었다. 그 옆의 제임스도 마찬가지였다.

"이 엿같은 새끼들..."

그녀는 대원들이 동면에 들어있는 와중에 본사에서 몰래 항로를 변경했을 것이라고 확신했다. B동의 캡틴 로버트에게 연락을 할까 했지만, 상황을 보아하니 어차피 그쪽도 이러기는 매한가지일 것이었다. 그녀는 일단 지구 쪽으로 메시지를 보내야겠다고 생각하고 교신을 준비했다. 그녀는 새삼 아까부터 동면 캡슐에서 입고 있던 푸른색의 후줄근한 티셔츠와 반바지가 물을 잔뜩 머금고 그녀의 몸을 꽉 조이고 있었다는 걸 깨달았다. 그녀는 옷 속으로 손을 넣어 몸에 붙은 티셔츠를 떼어냈다. 그러고는 캡슐 옆 캐비넷에 들어있는 수건을 꺼냈다.

규정상 탈의실에서 젖은 옷을 환복해야 했지만, 어차피 탐사선 안에 깨어있는 건 자신뿐이라고 생각한 이수는 그대로 옷을 벗고 젖은 몸을 닦았다. 캐비넷에서 마른 옷을 꺼낸 그녀는 잠시 캡슐 위에 올려두고 주위를 둘러보았다. 새하얀 선실에 놓인 연한 회색의 캡슐, 그리고 그 위에 걸터앉은 이수의 새하얀 몸. 그녀는 물에 젖은 머리카락을 비틀어 짜내고 천천히 숨을 들이마시고 내쉬었다.

마른 옷으로 갈아입은 이수는 천천히 선실에서 복도로 나왔다. 본사와 교신을 할 수 있는 관제실까지는 좀 걸어야 했다. 우연에 의한 것이겠지만, 무인의 공허의 공간에 놓인 선채에서 홀로 깨어있는 존재라는 감각이 그녀를 은근히 두근거리게 했다. 그 설렘이 두려움으로 뒤바뀌는 데에 그리 오랜 시간이 걸리지는 않았다.

관제실로 향하는 복도에는 수많은 문이 있었다. 연구원인 그녀가 들어가 보지 않았고, 들어갈 일도 없는 문이 대부분이었기에 이수는 크게 의식하지 않고 걸었다. 그러나 이윽고 '끼익' 하는 소리와 함께 문이 열리더니 새까만 물체가 수많은 문 중의 하나에서 걸어 나왔다.

"그렇죠?"

"네? 아, 네..."

길게도 혼자 떠들던 그 사업가가 별안간 부르자 나는 깜짝 놀라고 말았다.

"그러니까요. 나는 역시 우리가 통할 줄 알았다니까? 그 브로커 한테 소개받았을 때부터 뭔가 느낌이 왔지. 그럼, 책에 대해서는 동의를 한 거고. 마감은 얼마나 드리면 될까?"

"제가 책을 좀 다시 읽어봐야 해서요."

"그러면 뭐 긴 책도 아니고 하니까 한 3일로 합시다. 어때요?"

나는 좋다고 답하고 그의 눈치를 살폈다. 이제 얼추 끝난 분위기였다.

"역시 쿨하네. 좋아. 그럼 그렇게 하십시다. 뭐 그렇게 기분 나빠할 건 없어요. 아시겠지만, 이 사업하는 놈들이 그래. 어떤 일에도 말이지..."

나는 다시 검은색 물체를 만난 이수로 돌아갈 뻔했지만, 다시 정신줄을 잡았다.

"좋아요. 좋아. 자, 그럼... 이름이 뭐라고 했더라?"

"이수입니다. 강이수."

"아, 이수 씨. 사업을 하다 보면 워낙 사람 만날 일이 많아서 그래. 내가 이래 봬도 이거 굴리는 데에는 비상하거든. 한 번 들은 거 잘 안 까먹어요. 앞으론 안 까먹을 테니까 섭섭해 말아요. 아무튼, 이수 씨. 좋은 글 부탁합니다. 작업은 그거 보고 판단하지."

나는 대충 씻고 노트북과 공책, 연필과 지우개를 가방에 욱여넣었다. 그리고 침대 머리맡의 책꽂이로 가서 '고도를 기다리며'를 찾았다. 책이 보이지 않았다. 잠시 동안 책꽂이를 스캔하던 나는 가방에 있겠다는 생각을 하고 스스로가 한심해졌다. 역시 책은 가방에 들어있었다. 벌써 이틀째 '고도를 기다리며'는 가방에서 나를 기다리며 처박혀있었다. 가방을 문 옆에 내놓고 옷걸이를 가만히 보다가 짧은 고민 끝에 그냥 회색 후드에 츄리닝 바지를 걸치고 롱패딩을 집어 든 나는 밖으로 나갔다.

옥탑방이 있는 언덕길에서 약간 내려가면 이 후진 동네에서 몇 안 되는 갈만한 곳이 나온다. 나는 이미 진작에 오픈해서 분주하게 오전 시간을 마친 카페 '커피 칸타타'에 들어섰다. 문을 열고 카페 안을 슬쩍 살피고는 제일 구석에 있는 두 명짜리 소파 테이블에 가방을 던져놓고 카페모카 한 잔을 주문했다.

나는 카운터가 보이는 벽 쪽 자리에 쭈그려 앉아 가방에 들어있는 물건들을 꺼내놓았다. '고도를 기다리며'를 들고 잠시 고민하다가 일단 꺼내지 않았다. 사실 그 미팅 이후 줄곧 가방에 넣어 다니고는 있었지만, 여전히 표지를 들춰볼 용기가 나지 않았다. 나의 옥탑방이 마치 나무 한 그루 서 있는 황량한 길가 같았고, 나야말로 고고와 디디 같았다. 고도는 오긴 오는 걸까.

"따뜻한 카페모카 주문하신 거 나왔습니다!"

사장님의 우렁찬 목소리가 생각에 잠긴 나를 깨웠다. 나는 주문한 카페모카를 들고 다시 자리로 돌아왔다. 어젯밤 홀로 기울인 소주 한 병에 곯아떨어진 이후 죽 빈속이었던 내 몸에 따뜻한 커피 한 줄이 들어가자 목구멍부터 가슴을 지나 뱃속까지 뜨거운 것이 그제야 좀 살아있다는 기분이 들었다. 새삼 오늘 아침에는 물 한잔도 마시지 않았다는 사실이 생각났다.

크게 한 입 들이마신 뒤라 크림은 무너지고 진갈색 커피가 눈에 들어왔다. 나는 커피의 온기가 가시기 전에 코를 잔에 들이대고 힘껏 빨아들였다. 콧구멍을 통해 뇌까지 카페인이 전달되는 듯했다. 뜨거운 커피 김이 콧구멍을 따스하게 덥혀주었다. 코로 마약 가루라도 빨아들인 듯 온몸에 소용돌이치는 쾌감을 느낀 나는 몸을 부르르 떨고 잔을 내려놓았다. 그리고 소파에 기대어 잠시 눈을 감았다. 눈을 감자 주위의 소리가 더욱 선명하게 들렸다.

'치이익'

커피머신이 뜨거운 김을 내뿜었다.

'치이익'

'철커덕'

사장님이 커피머신 아래에 샷 잔을 가져다 대고 레버를 내렸다.

'치이익'

'철커덕'

이수는 오늘도 힘차게 돌아가는 쿠르간시의 심장을 바라보고 있었다. 심장은 도시의 온갖 쓰레기를 먹고 소화한 뒤 뜨거운 증기를 내뿜는다.

"오, 오, 심장은 위대하다."

심장이 오전 6시를 알리는 야성을 내뿜자 인근을 걷던 시민들이 심장을 향해 손을 뻗고 경배한다. 이수는 옆에 있던 노신사처럼 심장 쪽으로 한 번 손을 뻗고는 자리를 옮겼다. 잠시 정박해 있던 쿠르간시는 다시금 심장을 가동하며 힘찬 움직임을 준비했다.

'치이익'

증기 소리가 몇 번 더 울려 퍼지더니 쿠르간시는 다리를 뻗어 일어섰다. 이수는 무려 6개월 만의 거동을 갑판에서 볼 수 없을지도 모른다는 생각에 힘껏 달렸다. 마침내 십여 분을 달린 그녀의 앞에 탁 트인 갑판이 드러났다. 쿠르간은 지난 여섯 달의 캄차카반도 정착에서 다시금 본래의 위치인 우랄산맥 서쪽으로 돌아갈 준비를 마쳤다.

'치이익'

힘찬 증기 소리와 함께 쿠르간시의 바퀴가 가동되었다. 이수는 갑판에 기대어 힘찬 동력을 가슴으로 느꼈다.

"아, 아, 안내 말씀드립니다. 좋은 아침입니다. 쿠르간의 시민 여러분. 우리는 지난달, 긴 정박을 마치고 우랄 연방 관구로 돌아가라는 제국의 명을 받았습니다. 제프 시장께서는 황제께 한 달의 여유를 받아내셨고, 이제 우리는 황제 폐하의 명에 따라 우랄 연방으로 복귀합니다. 시민 여러분, 이 모든 것이 황제 폐하의 은덕이시고, 심장의 힘입니다."

'치이익'

"아, 아, 힘차게 연호합시다. 동료 시민 여러분, 오, 오, 심장은 위대하다!"

안내방송이 끝나고 쿠르간은 출발했다. 이제 숨도 어느 정도 진정된 이수는 오호츠크의 건조한 소금사막 바람을 피부로 느꼈다. 5층 높이의 갑판에 오른 그녀에게 지상의 풀들은 그저 색으로 보일 따름이었다. 그녀는 눈을 감고 온몸으로 바람을 받아내며 입을 크게 벌렸다. 건조하고 짭짤한 공기가 그녀의 입안으로 들어왔다.

그리고 별안간 음악 소리가 들려왔다. 기타 소리였다. 힘찬 도시의 약동에 어울리지 않는 부드러운 선율이었다. 이수의 코에 사막

냄새가 아니라 커피 냄새가 쏟아지기 시작했다. 처음에는 어울리지 않는다고 느꼈지만, 이내 선율이 귀에 익자, 은은한 기타와 힘찬 움직임이 점차 어우러졌다.

그런데 갑자기 노래가 끊겼다.

나는 눈을 뜨고 자세를 고쳐 앉았다. 주위를 둘러보았지만, 기타를 치는 사람은 보이지 않았다. 저 앞에서 카페 사장님이 어떤 남자와 실랑이를 벌이고 있었다. 그러다가 그 남자는 자리에서 일어나더니 테이블들을 돌아다니기 시작했다. 그는 마침내 나의 테이블에까지 찾아왔다.

"저, 이 카페에서 잠시 노래를 해도 괜찮을까요?"

나는 당황해서 그러시라고 했다. 그러고는 다시 카운터로 돌아가 알바에게 뭐라고 말을 하더니 다시 자신의 테이블로 돌아가 기타를 집어 들었다. 주위의 시선이 모두 그 테이블로 쏠렸지만, 그는 아랑곳하지 않고 기타를 치기 시작했다.

나는 다시 오호츠크 사막을 달리는 쿠르간으로 돌아갈까 했지만, 그러지 않고 카페에 남아 남자의 기타 소리를 들었다. 받아 들고 자리에 앉아 딱 한 모금 마시고 내려왔던 카페모카를 다시 집어 들었다. 시간이 조금 지나 뜨거운 감은 없어졌지만, 여전히 은은한 온기를 머금고 있는 카페모카를 먼저 코로 들이마셨다.

코로 들이마신 카페모카를 목으로 넘기자 이전의 편안한 감촉이

다시금 가슴에서 느껴졌다. 나는 커피를 코로 입으로 느끼면서도 기타를 치는 그 남자의 테이블 쪽으로 향한 시선을 옮기지 않았다. 그러다 문득 지나치게 그쪽만을 바라보고 있음을 깨닫고 무안해서 괜히 벽에 붙은 포스터를 보는 척했다.

잠시 뒤 남자는 기타를 멈추고 커피를 한 모금 마셨다. 나는 여전히 커피를 내려놓지 못하고 잔에 얼마나 남았나를 확인하듯 줄곧 그 안을 들여다보고 있었다. 그러면서 흘긋 남자의 테이블 쪽을 살폈지만, 내 기대와 달리 그 남자는 이제 기타를 옆에 내려놓았다. 나는 다시 카페모카를 홀짝이고 잔을 내려놓았다.

나는 그 남자의 테이블을 다시 쳐다보고 자리에서 일어났다. 그리고 그 테이블 쪽으로 걸어갔다. 내가 테이블 앞에 다가가도 그는 아랑곳하지 않고 자기 노트를 바라보며 무언가 중얼거리고 있었다. 그 앞을 천천히 지나갔지만, 무언가 무시당하는 듯한 기분이 들어서 괜히 화장실을 가는 척 테이블을 스쳐 지나가고 화장실이 있는 구석으로 들어갔다. 구석에서 잠시 벽에 기대어 생각을 한 나는 결심을 하고 그 남자의 테이블 쪽으로 다시 발걸음을 옮겼다.

"혹시 누구 기다리세요?"

갑작스런 나의 물음에 그 남자는 나를 살짝 올려다보며 고개를 저었다.

"노래.. 하시나봐요?"

"보시다시피."

나는 어떻게 말을 이을까 고민하다가 순간 오늘 전혀 꾸미지 않고 후줄근한 차림으로 카페에 온 것을 떠올렸다. 멍청하게 화장실 코앞까지 가 놓고 거울 한번 보고 오지 않은 스스로를 원망하며 나는 애써 다시 대화를 시도했다.

"누구 기다리는 분 있으세요?"

"아니요."

"그럼, 잠깐 앉아도 될까요?"

"그러세요."

길게만 느껴졌던 대화가 끝나고 나는 일단 그의 앞에 있는 의자에 앉았다. 그러나 그는 자신의 앞에 앉은 나를 크게 의식하지 않는 듯했다. 그는 여전히 노트에 뭔가를 끄적이며 흥얼거리다가 이따금 기타를 흘긋 보았다. 나는 그의 앞에 어정쩡하게 앉아 어떻게 대화를 이어가야 하나 고민했다. 그러나 내 고민을 읽었는지 다음 말은 그 남자가 먼저 꺼냈다. 그는 갑자기 컵에 남은 음료를 한 번에 들이키더니 말했다.

"제가 이제 일어나야겠는데요."

"아.. 네..."

나는 당황해서 뭐라 말을 잇지 못했다.

"저희 이따가 여섯 시에 공원 분수 앞에서 버스킹 하는데 오실래요?"

"네? 아, 네."

나는 카페를 나서는 그의 뒷모습을 보고 자리에 돌아갔다. 카페에서 저녁까지 버티려고 약간만 홀짝인 카페모카를 한 번에 들이켠 나는 짐을 챙겨서 집으로 돌아갔다. 집에 도착하자마자 화장실로 직행하고는 전혀 꾸미지 않고 그 남자의 테이블로 향했던 나 자신이 원망스러워졌다.

그러다가 그때 카페에서 화장실에 들어가 거울을 보았다면 아마 그 테이블로 가지 못했을 거고, 그러면 버스킹을 하는 곳도 알지 못한 채 그 남자와의 인연도 그대로 끝이었을 것이라고 생각하니 다행이다 싶었다. 이런 민낯을 보이고도 버스킹 장소를 알려준 것은 꽤 나쁘지 않은 성과인 것 같기도 했다.

샤워기를 가장 뜨거운 쪽으로 틀어놓고 찬장을 열어, 가지고 있는 화장품을 몽땅 꺼내 확인했다. 몇 개를 집어 세면대에 올려놓고 나니 물이 따뜻해졌는지 거울에 김이 서리기 시작했다. 샤워를 마치고는 머리를 말리며 옷장을 뒤적였다. 옷장 앞에 가득한 티셔츠와 후드, 트레이닝복을 매트리스 위에 다 꺼내놓고 나서야 입을만한 옷들이 눈에 들어왔다.

살짝 욕심을 부려 초가을에나 입을법한 원피스를 몇 개 꺼내 보았다가 다시 집어넣었고, 짧은 치마도 포기했다. 까딱하면 얼어 죽겠다 싶기도 했고, 후드에 츄리닝 바지를 입은 민낯으로 첫 만남을 했는데 너무 무리하면 못 알아볼 것 같기도 했다. 결국 하얀 스웨터와 청바지를 매트리스에 올려놓고 화장을 하고 나왔다.

매트리스에 올려둔 옷을 입고 코트를 입으려다가 아까 옷장에서 잔뜩 꺼낸 옷들을 쑤셔 넣을 때 바닥에 떨어진 연한 핑크빛 머플러가 눈에 들어왔다. 머플러를 주워 들고 대충 목에 감고 화장실에 들어가 거울을 보았다. 꽤 괜찮은 것 같길래 제대로 머플러를 하고 코트를 입고 다시 화장실에 들어갔다. 역시 만족스러웠다.

시계를 보니 버스킹까지는 시간이 약간 남아있었다. 추운 바깥에서 빨빨거리며 돌아다니고 싶지도 않았고, 버스킹을 준비하는 중에 마주치면 또 아까 전처럼 어색할 것 같아서 버스킹을 하는 와중에 등장해야겠다고 생각했다.

비가 추적추적 내리는 날의 골목에는 화창한 날이었다면 모습을 감추었을 것들이 많이 보인다. 그날도 이수는 선글라스를 쓰고 주머니에 불룩한 것을 넣은 채 골목을 활보하는 남자를 보았다. 며칠 전 해머 스트리트에서 보았던 남자였다. 그는 푸른색 네온사인의 간판 사이를 헤집고 다녔다. 선글라스에 목까지 오는 코트 때문에 그 남자를 자세히 볼 수는 없었지만, 이수는 알았다. 그런 인상착의를 가진 사람은 이곳 키르나이제스크에 단 한 명뿐이었다.

이수는 어렸을 때도 그 남자를 본 기억이 있었다. 불타는 그녀의 집에서 의연히 걸어 나오던 그 남자는 어린 이수의 뇌리에 깊숙이 박혔다. 같은 선글라스에 같은 코트였다. 십수 년 전과 같은 물건일 리는 없을테고... 같은 디자인의 선글라스와 코트를 몇 개나 가지고 있는 모양이다. 참으로 괴상한 악취미구나 싶었다.

그녀는 그 남자를 처음 본 순간부터 그 남자의 꿈을 꾸었다. 그러나 그녀의 꿈에서도 그 남자는 도통 선글라스와 코트를 벗지 않았다. 그래서 그녀는 꿈에서조차 그 남자의 얼굴을 볼 수 없었다. 불탄 집에서 홀로 남은 그녀를 거둔 것은 큰이모였다. 이모는 그녀를 데리고 키르나이제스크를 떠났다.

에르니제스크에서 어린 시절을 보낸 이수는 성인이 되던 해에 이모에게 부탁해 키르나이제스크로 돌아왔다. 이모는 그녀의 귀향을 반대했다. 키르나이제스크는 이수가 태어나기 전부터 망가지던 도시였다. 그녀의 집에 불이 난 것도 그 때문이었다. 키르나이제스크는 유난히 불이 많이 나는 도시였다.

당국에서는 키르나이제스크의 철거를 강력하게 원하고 있었다. 신소재 CV-8으로 크게 부흥했던 도시는 자원의 몰락과 함께 침몰을 시작했고, 점차 유령도시가 되었다. 몰락한 도시는 어떻게든 생명줄을 붙잡고자 사방의 찌꺼기들을 모으기 시작했다. 도박과 매춘의 중심지로 전락한 도시를 당국에서는 없애고자 했지만, 이미 잡초들이 뿌리를 내린 이상 쉬이 뽑아낼 수는 없었다. 원래가 잡초라는 것들의 생명력이 그렇지 않은가.

의회에서 키르나이제스크의 철거안이 부결된 것은 이수가 태어나기 오 년 전의 일이라고 했다. 그 이후 키르나이제스크에는 빈번하게 화재가 발생했다. 사창가에서 시작된 화재는 이틀이나 지속되었다. 화염이 휩쓸고 난 곳에는 아무것도 남지 않았고, 시에서는 건물의 재건을 불허했다. 그렇게 약 오 년간 뒷골목이 점차 '청소'되기 시작했다.

시의 치안을 담당하던 AI들은 이상하리만치 고장이 잦았고, 도박이든 매춘이든 큰돈을 만진 치들은 슬슬 키르나이제스크를 떠나기 시작했다. 그러나 그러지 못한 이들, 그러니까 진짜 잡초와 바퀴벌레들은 떠나지 않았다. 떠날 수 없었다. 어차피 어디를 가도 바퀴벌레인 그들이 굳이 그곳을 떠날 이유는 없었다. 수상할 정도로 사창가와 도박장에 주로 발생하던 화재는 이제 민가를 덮치기 시작했다. '타닥타닥'

이수는 자신의 가족이 바퀴벌레에 비유되는 현실을 욕하지 않았다. 사실 그녀는 바퀴벌레에게 일정 부분의 호감마저 가지고 있었다. 어쨌든 그들은 살아남지 않았는가. 그녀가 키르나이제스크에 돌아온 것도 같은 이유에서였다. 그녀는 불타는 집에서 자신이 기어코 살아남았듯, 부모님도 그럴 수 있었을 것이라고 믿었다. 그리고 그녀는 그러지 못한 이유가 화마에서 걸어 나온 그 남자이리라는 것도 굳게 믿었다.

핸드폰에서 여섯 시 십 분을 알리는 알람이 울렸다. 나는 자리에서 일어나 사방에 펼쳐진 옷들을 대충 옷장에 쑤셔 놓고는, 매트리스에 걸쳐놓았던 회색 코트를 걸쳤다. 문을 열었더니 한기가 덮쳐왔다. 순간 코트를 포기하고 패딩이나 입을까 싶었지만, 이것저것 다 포기한 마당에 코트까지 포기할 수는 없었다. 애써 머플러를 두르고 다시 문을 열었다. 여전히 추웠지만, 목에 들이치는 한기가 막히니 그래도 버틸 수 있을 것 같았다.

공원에 들어서자 멀리에서 노랫소리가 들리기 시작했다. 나는 천천히 소리가 들리는 곳으로 발걸음을 옮겼다. 그곳에는 카페에서의 그 남자 외에도 남자 두 명이 더 있었다. 카페에서 본 남자와 다른 남자 하나가 기타를 들고 노래를 부르고 있었고, 나머지 한 사람은 드럼을 쳤다. 주위에는 생각보다 사람이 많았다. 나는 분수 뒤쪽의 잔디 앞에 있는 벤치에 앉았다. 그리고 노래를 들었다. 기대했던 그 남자의 노래는 나오지 않았다. 그저 지금 유명한 가요 몇 곡과 비틀스 노래 한두 곡을 부르고 공연은 막을 내렸다.

살짝 실망하려던 차에 카페의 그 남자가 동료들에게 뭐라고 말하는 모습이 눈에 들어왔다. 그리고 남자는 다시 앞으로 나와서 마이크에 대고 말했다.

"여기서 끝내려고 했는데, 저희 노래도 끼워팔기 한 번 할게요. 비틀스 노래 뒤에 저희 곡을 붙이는 게 과한 것 같지만 꿈꾸는 놈들의 발칙함이라고 이해해주세요."

다시 노래가 시작되었다.

눈 내리는 새벽 두 시 반엔

가로등 불빛 유난히 노랗고

잠들지 못한 늙은 소년은

그 노란 빛이 원망스럽죠

괜스레 머리맡을 쳐다보지만

핸드폰엔 알림 하나 없고

일어날 핑계 하나 없지만

눈 감아도 그 새로 들어오는

새벽 두 시 반의 노란 불빛은

소년을 잠들지 못하게 하죠

어느새 세 시가 되고

잠이 들지 못한 늙은 소년은

결국 침대에 걸터앉죠

눈을 감고 허리를 숙이지만

도저히 잠엔 들지 않고

자리에서 일어나면 깨어날까 봐

다시 누워보았죠

소년은 잠이 무서웠죠

잠에 들면 생각할 수 없으니까

잠에 들면 가라앉게 되거든요

소년은 겁이 많아요

잠에 들면 눈을 뜰 수 없으니까

잠에 들면 꿈을 꿔야 하니까

어젯밤에는 잠에 들지 못했죠

하루 더 꿈을 꿀까 봐

그래도 기다리죠

잠에 들어야 되거든요

하루 더 꿈을 꾸려면

카페에서 들었던 노래는 아니었다. 하긴 가수가 노래 하나만 가지고 있지는 않겠지. 카페에서의 그 노래는 아직 만들어지는 단계일 수 있겠다고 나는 생각했다. 밴드가 악기를 내려놓고 음향기기를 정리하자 주위에 모여있던 사람들은 자리를 뜨기 시작했다.

나는 앉아있던 벤치에서 움직이지 않고 그들을 계속 바라보았다. 음향기기 정리를 마치고 기타를 집어 든 그 남자는 벤치에 있던 나를 잠시 바라보더니 내 쪽으로 다가왔다.

"맞죠?"

"알아보시네요."

"좀 달라지긴 했네요."

"너무 뭐라고 하진 말아요. 거긴 내 아지트예요. 집의 연장선상이라구."

그 남자는 살짝 웃더니 뒤를 돌아보며 동료들에게 먼저 가 있으라고 작별 인사를 했다.

"이따가 또 해요?"

"네. 이따 밤에는 야외 아니고 바에서. 또 올래요?"

내가 고개를 끄덕이자 그 남자는 내 옆에 앉았다.

"방금 건 어땠어요?"

"좋았어요. 노래 잘하던데요? 근데 왜 그쪽 노래는 하나밖에 안

불러요?"

그 남자는 머쓱한 듯 말했다.

"이 바닥도 치열해요. 여기 오려는 사람 널렸거든요. 그래서 자리 잡으려면 사람들을 많이 모아야 해요. 그러니까 다들 아는 유명한 노래 위주로 할 수밖에 없는 거죠. 우리 노래는 그러면서도 살짝씩 끼워팔기 하고."

"작곡은 직접 하시는 것 같던데."

"맞아요. 싱어송라이터. 근데 자기 노래는 못 하는."

"그렇구나. 저는 작가거든요."

"작가요?"

"네, 작가. 근데 자기 글은 못 쓰는."

그 남자는 의아한 표정으로 나를 바라봤다.

"왜 자기 글을 못 쓰는데요?"

"대필작가거든요. 뭔지 알죠?"

그 남자는 이해했다는 듯이 고개를 끄덕였다.

"그럼 남의 글을 대신 써주는 거예요?"

"그런 셈이죠. 그걸로 돈도 벌고, 어쨌든 글은 글이니까요."

그는 자신이 공연하는 바로 함께 가자며 나를 일으켜 세웠다.

나는 그를 따라 그가 공연한다는 바로 따라갔다. 걷다가 문득 그를 만난 뒤부터 묻고 싶었던 질문이 떠올랐다.

"그 카페에서 기타는 왜 친 거예요?"

"그러려고 간 건 아니었어요. 버스킹 할 때까지 여유도 좀 있고 해서 잠깐 시간 때우려고 들어간 건데, 앉아있으니까 느낌이 오더라고요."

"느낌이요?"

그러자 그는 갑자기 눈이 밝아지더니 내 쪽으로 몸을 완전히 돌리고 말했다.

"음, 저랑 장르는 달라도 창작하는 사람이면 뭔가 올 때가 있지 않아요? 안에서 뭔가 미친 듯이 떠올라서 그걸 눈으로 확인해야 할 때가 있잖아요."

다빈은 이제 완전히 나를 바라보며 거의 뒷걸음질을 치는 수준으로 얼굴을 내게 집중했다. 그의 얼굴에 그야말로 빛이 돌았다.

"뭐, 가끔 있죠."

"그래요. 바로 그거예요. 그래서 속으로 혼자 노래를 부르다가 입소리를 작게 내다가 더 이상 못 참겠던 거죠. 그래서 기타를 꺼냈어요."

그는 대답을 마치고 다시 앞을 보며 걷기 시작했다. 그의 빛나는 얼굴을 보고 나는 문득 나의 상상을 떠올렸다.

"나는요. 가끔… 아니, 자주. 나만의 세상에 빠져요. 그 세상은 아무도 건드릴 수 없어요. 근데, 그 세상은 좀 달라요. 우리가 지금 살아가는 세상은 아니에요. 뭐, SF나 판타지 비슷한 거죠. 어떨 때는 그 세상이 있으면 나는 엄청 강한 사람 같아져요."

바는 공원에서 그리 멀지 않았다. 겨울의 짧은 해로 인해 하늘은 점차 어둑어둑해졌지만, 바에는 손님이 거의 없었다. 지하에 있는 바에 들어서자 나는 그제야 우리가 서로 이름도 모른다는 사실을 떠올렸다.

"저는 이수예요. 강이수. 그쪽은 이름이 뭐예요?"

"아, 임다빈입니다."

그는 공연을 준비해야 한다며 나를 떠났다. 다빈이 밴드 멤버들에게로 향하는 걸 본 나는 바에 자리를 잡고 앉아 맥주를 한 병 시켰다. 사장님이 맥주를 가져다주자 잔을 살짝 기울여 맥주를 따랐다. 나는 다 따른 맥주를 마시지 않고 거품이 사라지는 것을 가만히 바라보며 공연이 시작되길 기다렸다.

그렇게 기다리기를 한 삼십 분 정도 지나자 슬슬 바에도 사람들이 들어오기 시작했다. 맥주를 입에 대지 않고 기다리던 나는 괜히 눈치가 보여서 첫 모금을 마셨다. 그리고 공연이 시작되었다. 버스킹 때처럼 밴드는 자신들의 노래를 부르는 대신 다른 가수들의 노래를 열심히 불렀다. 신청곡도 받았지만, 노래를 신청하지는 않았다. 공원에서 들었던 노래의 제목을 몰랐기 때문이다.

 공연은 길지 않았다. 한 컵에 다 따른 맥주를 다 마시고 다음 병까지 마시고 나자 공연이 끝났다. 다빈은 공연이 끝나고 내 쪽으로 눈빛을 한 번 줬다. 나는 고개를 끄덕이고 그에게 빈 컵을 들어 보였다. 그는 한 번 눈웃음을 짓더니 기기를 정리하기 시작했다. 다시 내 쪽을 볼 기미가 보이지 않자 나도 그에게서 눈을 떼고 병에 남은 맥주가 없는지 툴툴 털어보았다. 그리고 잠시 기다리자 다빈이 내 쪽으로 걸어왔다.

 "공연이 되게 짧네요?"

 "아, 다른 팀이랑 터치해야 되거든요."

 "두 시간 만에?"

 "네. 그래야 한 팀이라도 더 받는다고. 고마운 분이에요. 그렇게라도 밴드하는 후배들 용돈 좀 챙겨주시고."

 "후배요?"

 "아, 여기 사장님도 밴드 출신이시거든요."

 다빈이 바에 앉아있는 걸 본 사장님이 우리 쪽으로 다가왔다.

 "웬일로 안 일어나네? 마실 거라도 줄까?"

 "괜찮아요. 일어날 거예요."

 사장님이 다시 주방 쪽으로 들어가자 나는 다빈에게 말했다.

"그거 알아요? 나 맥주만 두 병 마셨어요."

"왜요?"

"왜긴요? 그쪽 기다리느라 그랬죠."

"왜요?"

"그거야.. 에이씨 다 알면서.. 말을 말아야지. 아무튼 나 되게 억울해요."

"뭐가 그렇게 억울한데요?"

"나만 술 마셨잖아요?"

"그래서요?"

"뭐가 그래서요 예요? 다빈 씨도 마시라고요."

"일단 나가요. 여긴 좀 민망해요."

그는 나를 데리고 자리에서 일어났다.

"있어 봐요. 계산해야 돼요."

"됐어요. 나한테 달아 놓으라고 했어요."

"왜요? 됐어요. 나는 남한테 빚 안 져요. 가진 건 쥐뿔도 없지만 내 철칙이야."

"왜긴요. 다 알면서. 빨리 나와요."

우리는 바에서 걸어 나와 다시 버스킹을 했던 공원으로 향했다.

약간 쌀쌀했지만, 술기운이 돌아서인지 그럭저럭 견딜 만했다.

"우리, 여기서 마셔요."

내가 제안하자 그는 주위를 둘러보고 난색을 표했다.

"여기서요? 이런 데서 술 마시면 안 되는데."

"안 걸리면 되죠. 저 앞에 편의점 있어요."

편의점에서 소주 두 병을 고른 나는 직접 계산을 마치고 들고나왔다.

"이제 쌤쌤이에요."

"뭐가요?"

"술값이요. 나는 빚 지고는 못 사는 사람이라."

조금 전의 공원으로 돌아와 인적이 드문 공원 구석 벤치에 자리를 잡았다. 나는 먼저 다빈에게 한 잔을 따라 주었다.

"일단 나는 술을 마셨으니까 먹일 생각 말아요. 앞으로 두세 잔은 다빈 씨 혼자 마셔야 돼."

"그런 게 어딨어요. 술은 같이 마셔야지."

나는 그 이야기를 듣고 못 이기는 척 내 잔을 채웠다.

"하여간 쩨쩨하기는."

첫 잔을 들이킨 우리는 한동안 아무 말도 하지 않고 허공을 바라보았다. 딱히 할 말이 생각나지 않기도 했고, 그저 아무 말도 하고 싶지 않았던 분위기였다. 허공을 바라보고 크게 숨을 내쉬니 새하얀 연기가 하늘 위로 날아올랐다가 흩어졌다.

갑작스레 침묵을 깨고 내가 먼저 말했다.

"그 노래 알아요? 옛날에 아따맘마 끝나면 나오는 노래."

다빈은 고개를 돌려 내 쪽을 바라보았다.

"왜, 그 노래 있잖아요. '안녕하세요 감사해요 잘있어요 다시 만나요.' 하는 그 노래. 어떤 날은 그 노래를 문득 듣는데 눈물이 날 것 같은 거예요..."

"어떤 느낌인지 알 것 같아요."

"그죠? 이거 나만 느끼는 거 아니죠? 어렸을 때도 좋아했던 만환데 나이 먹고 보니까 기분 이상하더라고요. 괜히 더 좋아지는 거예요."

혼자 그렇게 넋두리를 늘어놓다가 문득 가슴 한 켠이 싱숭생숭해졌다.

"이상하다?"

"뭐가요?"

"가장 친한 친구한테도 못 하는 얘긴데 다빈 씨 앞에서 이렇게 주절거리네요."

"모르는 사람이니까요."

"그런가."

"왜 괜히 멀리 여행 가면 안 하던 짓도 막 하고 그렇잖아요."

"그런가 보네요. 모르는 사람이라 더 편하게 얘기하나 봐요. 음... 아니야. 그래도 이상해요. 이런 얘기는 나 혼자 있을 때도 안 하는 얘기란 말이에요."

"때로는 혼자 있을 때보다 누가 옆에서 들어줄 때가 더 얘기하기 편하기도 하죠."

"나는요. 어떨 때는 갑자기 이 세상이 너무 무서워요."

"왜요?"

나는 갑자기 일어서고 싶어졌다. 이 얘기를 하려면 자리에서 일어서야 했다.

"그러니까 이 세상은 너무 큰 거죠. 저는 아직도 사람한테 딱 맞는 사이즈는 엄마 뱃속이라고 생각해요. 왜 어린애들 베개 같은 걸로 성 만들어놓고 여기가 집이다, 이러면서 놀잖아요? 애들 입장에서 이 큰 세상이 얼마나 무섭겠어요. 자기는 엄마 뱃속이 전부인 줄 알았는데, 그거의 몇 배는 되는 큰 세상이 있으니 무섭죠."

술기운이 돌았는지 자리에서 일어서서 양팔을 크게 벌려가며 이야기하는 나를 다빈은 신기하다는 듯이 쳐다보았다.

"그런데 SF 좋아하신다면서요."

"그런데요?"

"우주는 우리 세상보다 더 크지 않나요?"

나는 잠시 생각에 잠겼다가 답했다.

"음, 첫째! 우주도 우리 세상이에요."

"아 그렇네요."

"그리고 둘째. 그 큰 세상에 대한 외경이 제게는 다빈 씨가 말한 우리 세상에 회피하는 방법이에요. 까짓거 그 큰 우주도 있는데 이 조그만 지구 안에서 힘들면 얼마나 힘들겠어. 그렇게 안정을 찾는 거죠."

그 말을 마치고 우리는 또 잠시 동안 침묵에 빠졌다. 그날따라 하늘엔 유난히 별이 많았다. 다행히 볼거리는 충분했던 셈이다.

"공연 안 할 때는 뭐 해요?"

"다른 친구들은 음악 일 말고 따로 알바를 하기도 하고, 저는 보컬이라 작곡가들 가이드 녹음하면서 생활비 벌어요. 지난주에도 아는 형 가이드 녹음해주러 갔었거든요."

"그래요?"

"그 노래 누가 받았는지 알아요? 알면 깜짝 놀랄걸?"

"누군데요?"

다빈은 갑자기 내게 다가와 귓속말로 가수의 이름을 이야기했다. 나는 깜짝 놀란 가슴을 애써 진정시키며 말했다.

"진짜요?"

"진짜요."

그는 아무렇지 않은 듯 나를 보고 웃으며 답했다. 나는 그 모습이 어이가 없었다.

"뭐예요. 아무도 없는데 왜 귓속말을 해요"

"그냥 가까이 가고 싶어서?"

뻔뻔하기도 하지. 내 얼굴이 화끈거리는 게 다 들통났을 것만 같았다. 괜히 손해를 본 것 같아서 허공을 보며 말했다.

"그럼, 곡으로는 돈 안 벌어요?"

다빈은 뻔뻔한 웃음을 살짝 풀고 크게 숨을 들이마셨다.

"나는요. 음악을 봐요. 음악은 살아있거든요. 음들은 어딘가에서 춤추고 있어요. 저는 그 춤들을 보고 그려낼 뿐이에요. 그러니까 눈에 안 보이는 음악은 그릴 수가 없어요. 사실 전에 한 번 제의를 받은 적은 있어요. 연말이니까 캐롤을 한 번 써 보래요. 그래서 하려고 했죠. 근데 죽어도 안 보이더라고요. 내 눈에는 안 보이는 거예요. 그래서 접었어요. 나는 천생 굶을 팔자구나. 싶었죠."

"아까 카페에서 그 느낌을 받았다는 것도 그런 거예요?"

"그런 셈이죠. 음... 나는 항상 상상을 하거든요? 예를 들면... 아침에 수도꼭지에서 물이 새는 소리가 들린다고 해봐요.

틱 틱 틱

이렇게요. 그러면 이제 또 다른 소리가 들리죠. 시곗바늘 같은 거요.

택 택 택

이렇게요. 그러다가 두 소리가 섞여요.

틱 택 틱 택

또 어떨 때는

틱 틱 택 틱 틱 택

이게 내 음악이에요. 귀를 기울이면 알 수 있어요. 그래서 포기할 수가 없는 거예요. 들리는 걸 어떡해요. 그렇게 들리는 음악을 들으면 이 가슴이 요동치는데요. 그래서 미련하게 계속 붙잡고 있는 거예요."

다빈은 별 의미 없이 한 말이겠지만, 나는 그 미련하다는 말이 괜히 마음에 걸렸다.

"있잖아요. 제가 제일 좋아하는 영화가 '라라랜드'거든요? 거기에 'Audition'이라는 노래가 나와요. 가사에 뭐라고 하냐면

Here's to the ones who dream

Foolish as they may seem

이래요. 꿈꾸는 사람은 바보 같아 보인다는 거죠. 근데 괜찮아요. 비록 바보 같아 보일지라도 꿈꾸는 사람들은 박수받을 자격이 있

거든요. 뒤에는요. Foolish가 Crazy가 되거든요? 근데 그래도 괜찮아요. 원래 꿈이라는 게 그런 거 아니겠어요? 남들은 모르죠. 절대로. 그러니까 바보 같아 보이기도 하고 미친놈 같아 보이기도 하는 거죠."

내 말을 들은 다빈은 다 안다는 듯한 눈빛으로 옅은 미소를 머금고 말했다.

"그럼, 바보들끼리 마지막 한잔해볼까요?"

순식간에 소주 두 병을 다 비운 우리는 벤치 옆의 쓰레기통에 소주병을 버리고 자리에서 일어났다. 함께 공원을 정처 없이 걷는데 문득 그가 내게 물었다.

"이수 씨는 언제부터 작가가 하고 싶었어요?"

"몰라요. 기억하는 순간부터 지금까지 죽 글을 쓰고 싶었어요."

"저도 그래요. 지금은 꼴이 이래도."

그 이야기를 들은 나는 괜히 움찔했다.

"꼴이 어때서요?"

"아무것도 없잖아요."

"정말 아무것도 없어요?"

"이거 하나는 있네요. 확신."

"확신이요?"

"확신이 있으니까 기다리는 거죠."

나는 그대로 걸음을 멈췄다. 홀로 몇 걸음 더 걸어간 다빈이 나를 돌아보았다.

"기다린다고요, 그렇게요."

"네, 언제까지나."

"언제까지요?"

"그건 모르는 거죠. 오늘이 될 수도 있고, 내일이 될 수도 있고. 누가 알겠어요."

"할 수 있어요? 그렇게?"

"어쩔 수 없어요. 그냥 그렇게 기다리는 거예요. 끊임없이 고통받으면서."

다빈과는 큰길에서 헤어졌다. 그는 이 동네에 살지는 않는다고 했다. 다시 만나기로 약속했다. 그리고 다시 만날 거라고 생각했다.

집에 돌아온 나는 자리에 앉아 노트북을 켰다. 어김없이 글이 손에 잡히지 않아 괜히 유튜브에 들어갔다. 메인 화면에 내 글을 빼앗아 간 그놈의 영상이 나오자 나는 어차피 화가 날 것을 알면서도 그 영상을 클릭했다.

"수현 씨, 이번에 나온 에세이집이 화제예요."

"하하 과분하게도 그렇더라고요."

가증스러운 놈.

"제가 인상 깊게 본 게 그.. 스탠드 앞에서였나?"

"아, '봄밤의 스탠드 앞에서' 맞죠?"

"네 맞아요. 저는 되게 마음에 들었거든요."

나는 '봄밤의 스탠드 앞에서'의 얘기가 직접적으로 나오자 움찔했다. 그리고 MC의 칭찬에 기분이 좋아야 할지를 잠시 고민했다. 차마 이 인간이 내 글에 대해 직접 말하는 소리를 들을 수 없을 것 같았다.

"기다린다? 도대체 뭘? 아무것도 모른 채 그저 기다린다고 그게 꿈인가? 그건 낙오자의 변명이다. 아무것도 할 수 없지만, 그 현실을 인정할 수는 없거든. 그래서 꿈이라는 망상을 발견한 거지. 잉여 인간을 변명하려면 그만한 게 없거든."

타레딘 공은 이수의 사지를 묶어두고 앞에서 크게 웃었다.

"너 따위가 나를 넘볼 수 있을 줄 알았나?"

이수는 아무 말 없이 질끈 눈을 감았다. 그리고 온 정신을 포스에 집중했다.

"주제 넘는구나. 포스는 꿈이다. 꿈은 성공한 자의 몫이다. 실패한 주정뱅이들의 헛된 희망 따위가 아니란 말이지. 그래서 꿈은 결과론적인 거다. 아무나 말할 수 있지만 누구도 알 수 없는 게 꿈이지. 누구나 꿈과 망상을 착각하거든. 희망과 망상은 다르다. 꿈과 망상은 다르다. 눈을 감고 기다린다고 꿈이 아니지. 망상만으로는 절대 꿈을 이길 수 없거든."

이수는 미리 뒤쪽에 숨겨놓은 광선검을 찾는 데 성공했다. 그리고 조심조심 검을 옮겼다.

이수의 광선검이 천천히 그녀에게 다가오는 것이 느껴졌다. 그러나 그녀는 순간 광선검의 통제력을 상실했다. 낭패다. 그러나 다행히 떨어지는 소리는 들리지 않았다. 그러다가 별안간 강렬한 빛이 뿜어져 나왔다. 이수는 자신이 작동시키지 않은 광선검이 작동하자 망연자실했다. 타레딘 공이 다시 소리 내며 그녀를 비웃었다.

"아직도 모르겠나. 결국 이렇게 스스로를 인질로 잡고 기다리는 동안 네가 기대했던 모든 것은 허망했구나. 기다림은 침몰이다. 물에 빠진 주제에 육지를 상상하는 게 어떻게 꿈일 수 있겠나. 한심한 것."

그때 뒤에서 광선검 하나가 더 빛났다. 그림자에서 튀어나온 사람이 검을 휘두르자 타레딘 공은 갑작스런 공격에 대응하지 못하고 급히 도망쳤다. 광선검을 든 사람은 공이 사라진 곳을 잠시 동안 응시하다가 이수 쪽으로 다가왔다. 그가 후드를 벗자 이수의 눈에는 생기가 돌았다. 다빈이었다.

"많이 기다렸어요?"

"아니요."

"일단 여기서 나가요."

다빈은 이수를 풀어주고 함께 후작의 비행선에서 탈출했다.

"이제 어떡하죠?"

"기다려야죠."

"기다려요?"

"별수 있어요? 기다리는 거죠. 그렇게"

"하지만 나는 나약하고 이제 기다림에 지쳤는걸요."

"누구나 그래요. 그리고 누구나 기다리죠. 영원히 기다림의 끝에 도달하지 않는다 해도 어쩔 수 없어요. 기다림이 있어야 살 수 있는걸요."

노트북을 덮었다.

자서전 대필의 핵심은 디테일이다. 말은 자서전이지만 쓰는 사람의 일화가 내가 겪은 것이 아니기에 나는 그 이야기를 온전히 내 것으로 할 수 없다.

미대 입시에 떨어지고 이것저것 해보다가 잘 안돼서 자살한 사람의 이야기...

가 히틀러의 이야기라면 뭐 사실이지만, 이래서는 자서전이 될 수 없다. 알다시피 중간이 엄청나게 생략되어 있지 않은가. 그래서 자서전을 쓰기 위해서는 그 사람을 속속 알고 있어야 한다. 하지만 자서전을 쓰겠다는 사람의 대부분은 자신의 이야기를 하지 않는다. 그저 감추고 어떻게든 포장하려고 한다.

당연한 말이지만 의뢰인들은 나 역시 그 포장에 동참하기를 바란다. 나는 그들이 감춘 이야기를 굳이 발굴할 생각은 없다. 마치 사극의 작가가 역사를 연구하여 역사적 사실을 밝혀내는 대신 기록과 기록 사이를 창작으로 메우듯, 나는 의뢰인이 감춘 이야기의 간극을 나의 상상으로 채워 넣을 생각이었다.

그러나 그건 나의 글이 아니다. 그들의 글도 아니다. 그렇게 지어낸 이야기에는 생명력이 없다. 가방을 들여다보았다. 어김없이 '고도를 기다리며'가 있었다.

시골길, 나무 한 그루가 서 있다.

나의 옥탑방이 마치 나무 한 그루 서 있는 황량한 길가 같았고, 나야말로 고고와 디디 같았다. 고도는 오긴 오는 걸까. 그리고 페이지를 넘겨나갔다.

그렇게 마지막 페이지에 도달했다.

"그만 가자."

"가면 안 되지."

"왜?"

"고도를 기다려야지."

"참 그렇지"

책을 덮었다.

나의 옥탑방이 마치 나무 한 그루 서 있는 황량한 길가 같았고, 나야말로 고고와 디디 같았다. 고도는 오긴 오는 걸까.

잠시 눈을 감았다. 다시 눈을 뜨고 나의 황량한 옥탑방을 찬찬히 둘러보았다. 조그만 방은 책상에 켜 놓은 스탠드 불빛에도 끝까지 구석구석 다 밝혀져 있었다.

햇빛이 없는 시간이지만 우풍이 들어올까 내려놓은 살짝 찢어진 블라인드부터 침대 스탠드를 사는 대신 대충 놓은 이제는 빛을 잃은 새하얗던 매트리스, 오늘 낮에 급하게 옷을 쑤셔 넣느라 바지 밑단이 살짝 튀어나온 옷장까지. 모두가 눈에 들어왔다. 지독하게도 쓸쓸했다. 무엇 하나 마음에 드는 것이 없었다. 그리고 그 모든 것이 나의 것들이었다.

노트를 펼치고 연필을 들었다.

나의 옥탑방이 마치 나무 한 그루 서 있는 황량한 길가 같았고, 나야말로 고고와 디디 같았다.

연필은 열심히 남의 책에 들어갈 글을 쓰고 있었다. 마침내 이건 나의 이야기였다.

"가면 안 되지."

"고도를 기다려야지."

나는 비로소 기가 막히게 달콤한 미소를 지을 수 있었다.

2부

카페인 못 마시는 사람의

아메리카노

최수빈

2부 카페인 못 마시는 사람의

아메리카노

카페에서 아르바이트를 하게 된 것은 홀로 취업 준비를 하다가 힘에 부쳐 학원에 등록하기 위해서였다. 누군가는 필수적이라 말하지만 내게는 무척 필사적인 이력서 한 줄을 채우기 위해서는 돈이 필요했다.

돈을 벌기 위해 돈을 쓰다니. 살아보니 세상에는 다소 이해가 가지 않는 일이 잔뜩 있었고 저항하기보다는 순응하기로 했던 이전의 다짐을 상기하며 오전에는 학원, 오후에는 카페로 향했다.

몇 개월이나 일을 했지만, 여전히 일은 서툴렀는데, 온화한 사장

덕에 잘리지 않고 일을 할 수 있었다. 사장은 내가 하는 일을 그저 지켜만 보았다. 그러나 이건 비단 알바생에게만 적용되는 것만은 아니었다. 사장은 모든 손님에게 공평하게 온순했다.

예를 들어 어떤 손님은 '따뜻한 아이스 아메리카노'를 시켜 나를 곤란하게 했으나, 사장은 특유의 온건한 말투로 따뜻한 커피에 얼음을 넣어드릴까요, 뺄까요? 하고 되물었다.

드라마 속 진상들은 이럴 때조차 개의치 않고 목청을 높였겠지만, 작은 시골 동네의 마이너한 카페여서였을까, 사람들은 대개 얼굴을 붉히며 메뉴를 재차 말하곤 했다.

카페에서 아르바이트하면서 가장 힘들었던 것은 손님들이 내게 질문을 던질 때였다. 콜롬비아 원두와 케냐 원두는 뭐가 달라요? 하고 질문하면 저는 커피를 마시지 못합니다, 라고 대답하는 대신 다른 말을 생각해야 했다. 대답하지 못하고 머뭇거리고 있으면 누군가가 콜롬비아 원두는 콜롬비아에서 왔고, 케냐 원두는 케냐에서 왔지요-하고 대신 대답해줬다. 그런 단순한 대답이 어떨 때는 굉장히 명쾌하게 다가와서, 사람들은 웃으며 그럼 시지 않은 원두로 주세요, 하고 답했다.

나는 커피를 마시지 못한다. 이유는 카페인이 신인류에게 선사한 강력한 각성 효과를 몸에서 받아들이지 못했기 때문이다. 지칠

대로 지쳐버린 온몸을 속이어서라도 부지런히 움직여야만 하는 분주한 현대 사회 속에서 카페인조차 받아들이지 못하는 내 모습은 참으로 나약하고 어리게만 보였다. 요즘은 초등학생들도 커피를 마신다던데, 하고 나지막이 중얼거려봤지만, 여전히 빠르게 뛰는 심장은 내가 카페인에 적응하지 못하리라는 것을 방증하는 듯했다.

그런데 잠들지 않고 깨어 버틸 만큼 간절한 무언가는 어디에서 나올까.

어렸을 때부터 궁금했다. 대학에 가기 위해 수험 생활을 했을 적엔 지하철이나 버스에서 단어장을 들고 애쓰는 전교 일 등의 간절함이 부러웠고, 대학 시절엔 떠나가는 사람을 붙잡기 위해 바짓가랑이를 잡고 기었다던 과 선배의 사랑을 향한 열망이 궁금했다. 기적은 그런 사람들에게나 찾아오는 것이고 그렇다면 나에게는 해당하지 않는 대목이겠구나 하고 받아들였던 것 같다.

그렇기에 모든 것이 대강 흘러가고 어떤 것은 요령껏 넘어가는 이 카페에서만큼은 내가 나여도 용인될 수 있을 것 같다는 기분이 들었다. 사실은 그건 다 꿈이고 바람이고 사장은 그저 고용주고 나는 근로노동법에 의거해 최저임금을 받고 최대한의 노동을 해야만 하는 한낱 노동자에 불과한데도 말이다.

반면, 학원에서의 사람들은 냉정하고 차가웠다. 회색의 건물 속에서 길고 긴 겨울을 홀로 헤쳐 나가야 하는 사람들은 마치 무채색의 그림처럼 무심했고, 조용했다. 그 침묵의 시간은 더 이상 어느 곳에서도 희망의 노래 따위는 할 수 없다는 것을 의미했고 그건 내게 지독한 무력감을 선사했다. 어쩌면 나는 이 무력감에서 영원히 벗어날 수 없게 되는 것은 아닐까. 그러다 나는 나의 색이 옅어질수록 견고해지는 무언가가 있다는 사실을 깨달았다. 그걸 인정하고 나니 어쩐지 더욱더 심한 열패감에 시달리는 듯했다.

그런 기분이 들면 학원 앞에 있는 토스트집에 들어가 가장 저렴한 계란 토스트를 사 먹곤 했는데, 가장 저렴하다고는 믿을 수 없을 정도로 맛있었다. 계란은 프라이가 제일이지, 라 여기곤 했었으나 따끈하게 익어 김이 폴폴 솟아 나오는 계란 오믈렛에 달짝지근한 소스가 배어든 빵을 겹쳐 함께 먹다 보면 그동안 내가 알던 계란이 맞나— 하고 탄식하게 되는 맛이 있었다. 어렸을 때 엄마가 해줬던 간장 계란밥이 내 인생의 베스트라고 여기고 살았지만 새롭게 등장한 쟁쟁한 라이벌에 엄마 미안, 하고 마지막 토스트 한 조각을 먹어 치웠다.

그 외에 계란이 해낸 대단한 음식은 바로 푸딩이다. 그런 생각이 머리를 스치고 나니 다시금 생각에 잠겼다. 재작년 여름, 전 연인과 함께 간 도쿄 여행에서 샀던 커스터드푸딩은 달달한 계란찜의 맛과 같았다. 좁은 유리병에 담겨 있던 푸딩을 먹기 위해 커다란 숟가락으로 병 입구를 퍽퍽 치면서 장난스럽게 웃었는데, 병을 깨버릴 순 없어서 빨대로 푸딩을 건져 먹었다. 푸딩은 죄 으스러져 나왔지만 그런데도 좋아서 웃었다. 좋아서-

나중에 다시 도쿄를 방문해 커스터드푸딩을 사러 백화점 지하에 갔을 땐, 고급스러운 빵집은 어느새 함바그 집으로 바뀌어 있었다. 얼핏 보기에 허름했던 함바그 집은 외관과는 다르게 줄이 몹시 길었고 인산인해로 시끌벅적했다. 종종 한국어가 들려 의아했으나 아마 한국에서 블로그나 인스타에 '일본 여행 갔을 때 꼭 먹어봐야 할 음식 베스트 5' 따위에 선정되었을 것이다.

어쨌든 연인과는 헤어지고 다시 온 도쿄였기에 바뀐 내 처지나 빵집이나 다를 게 없다고 느껴졌다. 그래도 한 번쯤은 좁은 병에 담긴 커스터드푸딩을, 그보다 더 작은 숟가락으로 조금씩 떠서 음미해보고 싶었는데. 하지만 나는 그 빵집이 도쿄 곳곳에 하나씩 더 있다는 사실을 알고도 찾아가지 않았다. 왠지 혼자서는 전혀 달콤하지 않을 것 같았다.

그와 함께했을 때는 절망도 희망처럼 느껴졌었다. 그땐 지금처럼 차디찬 겨울이 아니라 여름이었는데, 다음번엔 푸른 바다가 있는 오키나와에 가자고 약속했었다. 지금도 오키나와의 해변을 상상하면 한낮의 뜨거운 열기와 그보다 뜨거웠던 그의 포옹, 푸른 바다에 하얗게 부서지던 파도와 얄궂은 그의 장난, 맨발로 모래사장을 척척 걸어 나가던 우리가 떠오른다. 바람의 결

하나하나가 마치 눈에 보일 것처럼 선명하고 청명했던 그 여름 한가운데에서 우리는 분명 사랑을 했었다. 그 기억만은 옅어지지 않고 선명하게 존재했다. 그리고 우리는 그곳에서 적당히 쓸쓸했고, 마음은 가난했다.

그러나 나의 연인은 우울하다고 했다. 그게 우리 종말의 이유였고, 나는 또다시 무력하게 그 사실을 받아들여야만 했다. 나는 할 말을 찾으려 입을 옴짝댔지만, 끝끝내 어떠한 말도 하지 못했다. 그런데 사실은 하고 싶은 말이 있었다. 내가 널 불행하게 만들었어? 같은. 그러다 계절은 바뀌었고, 시간만 자꾸 흘렀다. 다시는 돌아갈 수 없는 추억 속에서 나는 무언갈 놓친 기분이 들어 연신 뒤돌아보았다.

나는 그의 품속에서 희망을 보았는데, 그는 내게서 절망만을 가져갔었구나. 사방으로 반짝이던 총기 있는 눈은 사실은 꺼져가는 촛불 같은 거였구나. 선명하고 분명하던 사랑의 색은 차디찬 겨울 같던 나를 만나 그만 용해되어 버렸다.

그해 겨울에 그는 수척해진 얼굴로 나를 찾아왔다. 생각해보니 그가 나를 찾아왔던 기억은 거의 없었다. 그는 늘 어딘가에 '존재'했고, 나는 그의 집으로, 그가 일하던 작업실로 그를 찾아갔다. 그러나 그날만은 전날 밤 조용히, 그리고 수없이 내렸던 눈을 헤치고 그는 나를 찾아왔다. 그리고 말없이 눈물만 흘렸다.

아무 말도 하지 않았지만 나는 그가 무슨 말을 하려고 했는지 알 수 있었다. 그날 나는 아파트 화단에 걸터앉아 그의 표정을 몇 번이고 떠올렸다. 그리고 그 눈물의 무게를 그때의 나는 절대 알 수 없었다. 그런 이별이었다.

그런 생각을 하다 문득 정신을 차리고 고개를 드니 어느새 시간이 꽤 지나 있었고, 나는 다시 무표정한 인파 속으로 가야만 했다. 옛 기억들에 너무 오랫동안 침잠해 있기에는 눈앞 현실은 잔인하리만치 매정했다. 학원에서는 늘 '양질의 생각을 하자'고 부추겼고 쓸데없이 시간을 소비하기에는 우린 너무 늦어버렸다고 말했다. 그건 꿈도 희망도 없는 늦깎이 취준생에게 죄책감과 부담감을 심어주기에 아주 적절한 말이었다. 그 말은 꽤 오래전부터 마음을 내리눌러 왔던 초조함을 단숨에 끌어오곤 했다.

겨울의 냉랭한 공기만큼이나 두툼한 옷과 움츠린 몸들 사이에 껴서 이동하는 것은 썩 유쾌한 일은 아니었다. 애초에 취업 준비 시기가 결코 즐거운 일은 아니라는 것쯤은 나도 알고 있다. 알아도 겨울이라는 계절은 배로 견디기 힘든 법이다. 무엇보다 어제는 눈이 내려 땅이 몹시 질퍽질퍽했다. 도시에서의 눈은 따끈한 계란 오믈렛 따위가 아니라 금세 녹아 사라지는 쓰레기에 불과하다. 하늘도 회색, 땅도 회색.

그렇게 회색빛의 표정을 한 군중 속에서 고독을 느낀다. 발끝에 조금씩 스며드는 구정물을 지긋이 바라보며, 이곳에서 더 있다가는 나도 회색인간이 되고 말 것이라는 확신이 들었다. 계속 보고 있으면 발끝뿐 아니라 손끝, 팔꿈치, 겨드랑이를 타고 온몸에 회색물이 들어 지워지지 않을 것 같다는 공포감이 밀려오고 만다.

다음날 일을 하러 카페에 들어갔을 때 놀라운 장면을 목격하고 말았다. 누군가 기타를 치고 있었다. 그것도 아주 놀라운 솜씨로. 그러나 이곳이 아무리 너그러운 곳이라고 쳐도 카페는 카페였다. 카페, 커피나 차 등을 마시는 곳. 물론 재즈바처럼 음료와 음악을 함께 즐기는 공간이 존재한다고는 들어봤지만, 이곳에 근무하는 1년의 세월 동안 기타를 들고 방문해 연주까지 한 사람은 없었다.

느긋하고 따뜻한 카페 공기와는 어울리지 않는 당돌한 기타 선율, 그 오묘한 부조화에 단순 근로자일 뿐인 나로서는 황당한 표정으로 서 있을 수밖에 없었다. 그동안 내가 아르바이트를 하면서 느꼈던 안도감과 안정감은 카페에서 발생하는 일들의 일관됨에서 나왔다. 아무리 큰일이 있을 때도 나의 삶과는 무관한, 찰나의 순간을 견디기만 해도 해결되는 소소한 문제들만 잘 헤쳐 나간다면 그다지 곤란한 순간은 찾아오지 않았다.

"사장님, 말려야 하는 거 아니에요?"

"내버려 둬, 실력이 대단해."

에라이, 지금 저 기타 선율이 상당히 멋들어진다는 사실은 나도 알고 있는 사실이다. 그러나 성실하게 일하고 있는 남의 일터에서 저 사람은 막무가내로 업무 방해를 실천 중이지 않은가. 사장은 찌푸린 내 표정을 보고 괜히 머쓱한 듯 한 번 웃고는 이내 결의에 찬 표정으로 그의 테이블에 다가갔다.

"저, 손님, 이곳은 다른 손님들도 있으니 연주를 멈추는 건 어떨까요?"

"그럼 다른 손님들이 괜찮다고 한다면 연주를 계속해도 되나요?"

그건 정말로 예상하지 못한 답변이었다. 이 카페에서는 절대 일어날 리 없는 사건에 사장은 몹시 당황한 듯 보였다. 그런 사장을 뒤로한 채 그는 벌떡 일어나더니 카페를 종횡무진으로 돌아다니며 기어코 모든 손님의 동의를 받아냈다. 그는 마지막으로 포스기 앞으로 걸어와 내게 동의를 구하는 질문을 던졌다. 하지만 그것과 더불어 은근한 강요의 뉘앙스도 섞여 있었다.

"기타, 치고 싶은데……."

일렁, 마음이 순간 일렁였다. 고작 작은 카페에서 기타를 치고 싶다는 이 청년의 머릿속이 궁금해지는 것은 물론이거니와 나와는 다른 종족을 볼 때 본능적으로 튀어나오는 회피의 욕망이 나를 에워싸는 것 같았다. 그런 기분이 들자 언성이 조금 높아졌다.

"손님, 이곳은 카페입니다."

"나, 기타 잘 치는데……."

그는 덤덤하게 대답했지만 듣는 나는 기가 찼다. 그러나 이 사람을 이길 수 있는 마땅한 묘책이 떠오르지 않아 마지못해 알았다고 끄덕였다. 그러자 그는 일순간 환한 얼굴로 변하더니 제자리로 돌아가 다시 기타 줄을 잡고 기타를 치기 시작했다. 그리고 손님들의 시선도 쏠리기 시작했다. 그러다 하루, 이틀, 그가 이곳을 방문하는 날들이 많아졌고 손님들도 더는 그의 연주를 거슬려라 하지도, 신기해하지도 않았다. 그러나 어떤 손님은 매번 연주가 끝날 때마다 박수를 치기도 했다.

그는 그가 말한 대로 기타를 잘 쳤다. 그리고 처음에 음침해 보였던 그의 삼백안이 어쩐지 빛나고 있다는 사실을 발견했다. 그건 꿈이 있는 눈이었다. 그는 늘 여유롭게 기타를 튕겼으나 틀릴 때는 에이씨, 하고 크게 자책했다. 그런 은근한 고집과 어울리는 탁월한 기타 실력은 도회적인 분위기를 풍기는 데 일조했으며 어느새 나도 그의 연주가 시작되기를 기다리게 되었다.

그로부터 시작이었을까. 요즈음에는 알바를 하다가도 고개를 들고 다른 사람의 삶을 관찰하게 되었다. 다들 하나의 이야깃거리를 들고 카페를 방문한다. 점심시간쯤 찾아오는 직장인 무리는 내가 그토록 원하던 취업이란 관문을 통과해놓고도 여전히 무거운 어깨를 짊어지고 온다. 그들은 시끄럽지만 조용하고, 화기애애해 보이지만 친해 보이지는 않는다. 사회생활이란 그런 것인가 보다.

"부장님, 진짜 커피랑 가짜 커피의 차이 알고 계세요?"

"뭔데?"

"지금 이렇게 우리가 살기 위해 들이키는 카페인은 가짜 커피고, 주말에 여유롭게 앉아서 마시는 커피가 진짜 커피래요."

다들 공감의 웃음을 작게 터뜨리고, 웃음기를 머금은 채 씁쓸한 커피를 마신다. 그리고 시계를 한 번 보고는 급하게 자리를 뜬다. 무심하게 그들을 지켜보다가, 저들은 ′진짜 커피′를 마시면 행복할까ᅳ 생각했다. 그런 작은 휴식만으로도 행복하게 되는 걸까.

그러고 보니 어렸을 때 커피를 마셨던 적이 있다. 물론 체질이라는 게 하루아침에 뚝딱하고 바뀌는 것이 아니므로 그때도 카페인을 받아들이지 못했다. 그럼에도 마셨던 날에는 종일 물을 마시며 심장이 진정되기를 바랐다. 그렇게까지 커피를 마셨던 이유는 전 애인 때문이었다. 커피를 좋아하는 그를 위해서 가끔은 커피를 마셨다. 심장이 두근거리는 채로 그를 올려다보면 그 때문에 심장이 두근거리는지, 카페인 때문인지 그 경계가 모호해질 때가 좋았다.

어쩌면, 카페에서 이상한 기타리스트를 만나고, 누군가의 삶을 들여다보게 된 이유는 그를 떠올리기 위함일지도 모르겠다. 총기 어린 눈을 다시 마주친다면 그를 떠올릴 수밖에 없었을 것이고 분주하기만 한 내 삶에선 그런 눈을 마주할 이유조차 없었기 때문이다.

그는 늘 내게 안식처였고, 칠흑 같던 삶에 등불이 되어주던 사람이었다. 그 이면에는 그의 열정이 숨 쉬고 있었다. 그는 꿈이 많았다. 평범함이 꿈이던 나와는 다르게 한 번 태어난 인생 모든 걸 쏟아버리겠다는 태도였다. 대학 시절, 나는 그를 연합 동아리에서 만났다. 그는 누구라도 대단하다고 느낄 법한 명문대에 재학 중이었지만, 허영은 없었다. 그러나 그의 독특한 정신세계 때문에 호불호가 많이 갈렸고, 그는 사람들의 시선에는 큰 관심을 두지 않았다.

하지만 누구라도 그가 배려심이 깊은 사람이라는 것은 알고 있었다. 그의 배려는 다름 아닌 이해였으며, 자신과 다른 누구라도 그저 그대로 받아들였다. 세상에 있는 많은 사람은 자신만의 잣대를 가지고 누군가를 판단하려 하지만, 그는 늘 "그럴 수 있지"하며 그냥 넘어갔다. 하지만 무심한 듯 보여도 늘 30분 먼저 와서 동아리 인원들을 챙겼고, 못해도 지하철역까지는 늘 데려다주었으며, 친구나 동료가 곤란한 일을 겪었을 때는 누구보다 먼저 달려왔다.

반면 나는 달랐다. 그와는 정반대였다. 늘 눈치를 보긴 했지만, 남들의 비위를 줄곧 잘 맞추는 편이었다. 호불호가 갈리는 사람이 아니라, 그냥 그저 그런 사람이었다. 무난하고 평범한 인간. 그게 내가 삶을 살아가는 방식이었다. 필요한 순간에 필요한 표정을 짓는 일. 그리고 무사히 하루를 지내고 나면 자기 직전에서야 안도하고 지내던 경직된 사람.

"내일 뭐 해?"

"그냥 있어."

어느 날 그는 물었다. 마음이 일순간에 일렁였다.

"그냥?"

"응, 그냥."

사람이 사랑에 빠지는 일이 이렇게 쉬운 것인지 그때는 알지 못했다. 단지, 천천히 단계란 걸 갖춰 흘러가는 것으로 생각했다. 가파르지도, 층계가 높지도 않은 계단을 한 발짝 신중하게 내딛다 보면 어느 시점에서 당연하게 여겨지는 것이 사랑이고 연애일 줄만 알았다.

그러나 사랑은 대화다. 늘 나보다 어른스럽게 느껴졌던 그에게서 소년의 모습이 보일 때, 나는 왠지 모를 이상한 기분이 들었다.

종종 동아리 활동이 끝나면 그의 집 근처인 신촌에서 술을 기울였다. 얼큰하게 취한 우리는 신촌에 흩어져있는 어느

젊은이들처럼 휘청였다.

그가 담배를 마저 피우려고 나갈 때는 나로서는 담배를 피우지도 않는데 그저 옆에 서 있었다. 그럼 자욱한 담배 연기 사이로 그는 손을 휘적거렸고 나는 그럴 필요 없다며 배시시 웃었다. 간격이 높은 계단을 타고 지하로 내려가면 거기엔 노래방이 있었다. 그는 노래를 잘했다. 가끔 취하면 같은 사랑 노래를 여러 번 부르곤 했고, 그러다가 눈이 마주치면 노래가 끝날 때까지 눈을 떼지 않았다.

어느 한 번은 그러다가 그가 어느새 내 옆에 와 앉았다. 커피를 마시지 않았는데도 가슴이 두근거렸다. 이미 주량을 넘겨 마구 흔들리는 시야 옆으로 그가 입을 맞췄고, 우리는 그렇게 시작했다.

그는 때때로 작업실에서 그림을 그렸다. 어렸을 때 어머니의 권유로 미술을 배웠고, 이후에는 공부에 전념하느라 그림을 그리지 못했다고 했다. 가끔 그의 작업실에 놀러 갈 때면 그는 몸만 한 캠퍼스에 물감을 들이붓고 있었다. 그의 검은 티셔츠는 물감이 튀어 있었고 늘 맨발이었다. 작업실 이곳저곳에 널려 있는 그의 작업 세계를 보고 있으면 열정을 가지고 있는 사람들은 다 저렇게 빛나고 있는지 궁금해졌다.

"이 그림, 어때?"

그는 그림을 그리다 잠깐 쉴 때가 되어서야 나를 돌아봐

주었고, 그럴 때면 늘 자신의 그림이 어떤지 물었다. 하지만 왠지 긴장되어 보이는 표정이 나를 간질거리게 했다. 그가 마련해준 작업실 한쪽 소파에 진득이 앉아 그의 그림을 보고 있자면, 화려한 색채 그 이면의 고독함과 쓸쓸함이 전해지는 듯했다. 그는 그런 사람이었다. 화려함 이면의 외로움을 가진 사람.

그는 나의 대답을 천천히 기다려줬고, 나는 내 대답이 그의 마음에 들었는지 궁금해했다. 그리고 그가 기뻐할 수 있을 만한 대응했기를 기도했다. 하지만 내 대답을 듣고도 그는 표정을 바꾸지 않았다. 그 공간의 낭만과 열정 사이에서도 나는 융화되지 못하고 동떨어져 있었나 보다.

그는 시원한 레모네이드를 만들어서 건넸다. 얼음과 함께 담겨 있어 컵 표면에는 물이 뚝뚝 떨어졌다. 건네주는 손가락엔 물감이 덕지덕지 묻어있었다. 레모네이드를 쥔 그의 손이 꼭 하나의 작품처럼 느껴졌다.

"내가 속상해 보였어?"

"응. 아주 입꼬리가 바닥이랑 키스하겠던데."

그가 나의 표정을 한 번 보더니 웃으며 대답했다. 그러자 속상한 기분 따위야 일시적이며 아무것도 아닌 것처럼 우스워졌다. 그는 잠깐 일어나더니 냉동실을 열어 얼린 민트를 레모네이드 위에 얹어주었고, 막 냉동실에서 나온 민트는 하얀 연기를 조용히 내뿜고 있었다. 얼음을 잘그락거리며 긴 시간 그곳에서 우린 대화했다.

그와의 대화는 아주 안정적이고 편안했다. 그도 나와 같이 웃었다. 어떤 반응을 유도하지도 않았고, 기대와 달리 흘러가더라도 인상적인 대화 흐름 때문에 나는 그와의 시간이 아주 평화롭다고 믿었다. 불같이 뜨거운 마음이었지만, 오래도록 만나던 사람처럼 우리는 통하는 것이 많았고 안심에서 비롯된 안도감이 밀려왔다.

그는 집으로 돌아가는 나에게 택시비를 쥐여주었다. 그럼 나는 그 돈을 차곡히 모았다가 그만을 위해 쓰곤 했다. 그 돈을 쓰지 않은 이유는 그의 집이나 작업실에서 우리 집까지 가는 직행버스가 있었기 때문이었다. 나중에 다시 떠올려보니 그가 나에게 와본 적이 없었기에 직행버스가 있다는 사실을 몰랐던 게 아닐까 싶다.

우리의 만남이 더 이상 지속되지 못했던 건 그가 외롭다고 말했을 때였다. 나는 그 때쯤에 내 주제에 대해 파악하게 되었고 우리의 관계도 시들해지기 시작했다. 나는 막무가내로 그에게 오라 떼썼지만, 그는 늘 그랬던 것처럼 단호하게 거절했다. 우리 사이에 정작 중요한 것은 이미 사라지고 없는 듯해 보였다. 그가 원래 어떤 사람이었는지 망각하게 된 것 같았다.

대체 취미든 취향이든 그게 뭐가 중요했던가. 밥 벌어 먹고사는 데 지장 없으면 그따위 없어도 그만이라고 생각했다. 내가 그 얘기를 뱉었을 때 그는 이번에야말로 정말로 화가 난 것 같았다. 그러나 그는 응응-하고 감정 없이 대답만 했다.

그때마다 나는 내 자신에 대한 혐오감이 증식하는 것 같았다. 타인에 무신경하고 자신에게는 박한 것. 어느 특색 하나 없이 살아가는 대로 살아가는 것. 모조리 불 태우고 싶을 만큼 자괴감이 밀려왔다. 그러나 사실 그조차도 그에게 만족하지 못했다. 그의 신경질적인 모습을 보게 되는 일이 잦아졌고, 또 어느 날은 그답지 않게 아무것도 하지 않고 방 안에 틀어박혀 있을 때도 있었다.

그럼에도, 나는 여전히 그를 사랑했다. 하지만 그가 하던 몽상 같은 걱정이 현실적이지 못하다는 이유로 나는 그의 모습을 다 이해하지 못했고, 그는 그런 날 보며 더 외로워하는 듯했다. 그가 모든 사람을 용인하는 이유는 그 자신이 완전하지 못하다고 생각해서였고 자아에 대한 결핍은 그에게 동기가 되어 여러 일을 도전하게 했다. 그러나 그런 자신을 이해하지 못하는 연인 곁에서 그 동력은 고갈되고야 말았다.

그가 나를 사랑했던 이유를 떠올렸다. 무채색인 나와 형형색색의 그는 너무나도 달랐고, 그는 내 옆에서 상당히 빛났다. 그러나 나이를 먹는다는 것은 현실과 타협할 줄도 알아야 했다. 그의 열정과 패기는 객기가 되었고, 그는 그 사실을 견디지 못했다. 세상으로부터 인정받는 것을 즐겼던 그는 가끔 나에게 안겨 어린 소년 같이 칭얼거렸다.

"나는 가끔 나쁜 생각이 들어."

그가 수면제를 먹고 지낸다는 사실을 알고 있었다. 그 말을 하는 그의 눈은 약기운에 취해 참 공허해 보였다.

"네가 나를 이해했으면 좋겠어."

"나도 너를 이해했으면 좋겠어."

ʹ너에게 안도와 안식이 되었으면 좋겠어.ʹ

그 말은 차마 하지 못했다. 첫째는 내가 그럴 수 없다는 사실을 알고 있었기 때문이고, 둘째는 그 사실을 말하지 않음으로써 그가 알지 못할 것이라고 믿고 싶었기 때문이다.

이러나저러나 그러한 위기를 겪고도 우리의 계절은 무심히 흘렀다. 날은 추워졌고, 공기가 서늘해져 가고 있었다. 나는 무사히 대학교를 졸업했고, 그는 군대에 가기 위해 휴학을 했다. 그리고 어느 평범한 겨울, 우리는 이별을 했다.

치이익- 하고 커피 머신이 큰 소리를 낸다. 그제야 오랜 회상이 끝이 나고, 기타 줄을 튕기는 소리가 다시 들려온다. 사장은 묵묵히 다른 손님이 나간 테이블을 치우고 있었다. 그러다 세네 명의 손님들이 들이닥치고 여느 때와 같이 단조로운 말투로 주문받는다. 커피 석 잔과 에이드 한 잔을 차례대로 제조하고 케이크 진열대에서 치즈 케이크 한 조각을 꺼내 접시에 얹는다. 기타를 치는 사람을 무심히 지나 창가의 전경 좋은 자리로 걸어가고 주문하신 커피 드릴게요, 하고 커피를 달그락 내려놓는다.

지난 일 년간의 데이터를 기반으로 하건대, 이제부터는 조금 한산할 차례이다. 이 카페는 늘 오던 사람들이 주로 방문한다. 기타 치는 사람과 더불어, 일주일에 두 번은 방문하는 아줌마들 무리, 이들은 자식들이 대학교에 가고 나서 생긴 하루의 공백을 채우기 위해 카페에 들른다. 커피 한두 잔과 별다른 대화 주제 없이도 한두 시간은 거뜬히 앉아있다.

한적한 시간만 자꾸 흘러가고, 카운터 옆 작은 공간에서 문제를 풀다가 오늘은 문득 문제가 잘 풀리지 않았다. 아까 낮에 했던 상상 때문인지 아니면 오늘 학원에서 본 모의시험 결과가 좋지 않아서였는지 마음이 계속 싱숭생숭했다. 그러다 어떤 용기가 샘솟았는지 아니면 오래 봐서 내적 친밀감 같은 게 생겼던 건지 괴짜 기타리스트에게 말을 걸어버리고 말았다.

"저, 물어보고 싶은 게 있는데요."

오랜 연주에 지쳐 커피를 마시다가 휘둥그레진 눈으로 나를 올려다보았다. 의아한 눈으로 그는 무슨 일이냐고 물었다. 무슨 일이냐니, 뭘 물어보고 싶은 건지도 아니고 무슨 일이 있는지 물어보다니. 여전히 그는 예측 불가능했다. 그리고 그 점이 반드시 누군가를 떠올리도록 이끌었다.

"기타 재밌어요?"

그는 다시 태연한 얼굴로 바뀌더니, 눈이 한 번 반짝 빛났다. 이 사람 눈이 이렇게나 맑았구나.

"아직 기타를 치는 건 객기인지도 모르지. 그래도 나에게 기타는 추억이야."

그는 오래전 기타로는 아주 명문인 대학을 나왔다고 했다. 사실 재수를 해서 들어간 것이긴 했지만, 그는 훌륭하다는 사람들 사이에서도 수재였다고 한다. 학교생활이 너무 순탄했고, 같이 음악을 하고 싶어 하는 동료들도 많았다고 했다. 그러나 그때의 그는 오만했다. 그 오만함이 성공궤도와는 다소 다른 길을 걷게 했고, 자신만의 음악을 하겠다고 음지로 숨어 들어갔다고 한다.

그러다가 문득 눈을 뜨고 보니 자신이 무시했던 동료는 작곡가로 성공해 저작권료를 잔뜩 챙겨 먹고 새 아파트를 구입했다고 한다. 그리고 세션으로 활동했던 동료는 팀이 성공해 유명 가수의 콘서트를 함께 다니며 전국을 순회하고 있었다. 결혼도, 일도 아무것도 가진 게 없는 건 사실 본인이었으나 열등감 때문에 안되는 것을 알면서도 빠져나오지 못했다고 했다. 그러나 음악을 너무 사랑해서 포기할 수가 없었으므로, 여전히 밴드에서 기타를 치고 노래를 부르며 음악 활동을 이어 나가고 있다고 했다.

"커피, 칸타타"

갑자기 사장이 다가와서 나직이 말했다. 커피, 칸타타는 이곳 카페의 이름이었다.

"커피 칸타타는 바흐가 작곡한 커피를 찬양하는 노래의 제목이래요."

오! 커피는 얼마나 맛이 좋은가! 얼마나 맛이 좋은가!

천 번의 키스보다 달콤하고

무스카텔 술보다도 부드러워

"아버지는 커피를 마시지 말라고 하지만, 딸은 커피를 마시는 걸 좋아해 들은 척도 하지 않았다고 하네요."

갑자기 사장은 즐거운 듯 노래를 흥얼거렸다.

"저는 예전에 성악을 전공했었어요. 그러다 만난 남자친구가 이 노래를 알려줬는데 어찌나 귀여웠던지."

"그래서 아빠와 딸 중에 누가 이겼던가요?" 기타리스트가 궁금한 듯 되물었다.

"아버지가 커피 대신 신랑감을 구해주겠다고 해서 딸이 승낙했죠."

왠지 현실에 자신의 열망을 타협한 것만 같이 느껴졌는데, 기타리스트도 동일하게 느꼈는지 얼굴에 실망스러움이 드리웠다.

"그런데, 마지막에 딸이 커피를 마시게 해주는 사람과 결혼하면 된다고 말하면서 끝나요."

"결국 커피를 포기하진 않았네요."

기타리스트의 얼굴에서 환희가 보였다. 그는 어쩌면 지금까지 포기하지 않던 자신을 누군가가 알아주기를 기대했을지도 모른다. 끈질기게 붙잡고 지내던 그동안의 시간이 낭비가 아니라 어떤 도달점으로 우회하는 중이었다고 알게 되는 순간이 그에게 찾아오기를. 먼 훗날 지금을 떠올렸을 때 어리석었지만 옳은 방법이었다고 여기게 되는 날이 그에게도 찾아올 것이다. 집으로 돌아가는 길에 그 노래를 유튜브로 검색해보았다.

오! 커피는 얼마나 맛이 좋은가! 얼마나 맛이 좋은가!

천번의 키스보다 달콤하고

무스카텐 술보다도 부드러워

집으로 가는 길, 취향에 대해 떠올려 보았다. 커피를 마시게

해주는 사람과 결혼하겠다는 노래 속 주인공의 귀여운 투정. 취향을 함께 나눌 수 있는 사람과의 교제라.

나는 그날 집으로 돌아가는 길에 인생의 리드미컬함을 떠올렸다. 삶의 즐거움은 인생의 높낮이에 따라 다르게 느껴질 것이라고 여겼다. 굴곡도 마찰도 없는 인생, 무료하기 짝이 없다고 생각했다. 그런데 퇴근길 손에 쥐어둔 따뜻한 음료만으로도 즐거운 상상을 펼칠 수 있구나. 커피는 한 잔도 마시지 못하지만, 오늘만큼은 커피를 한 모금 해보고 싶은 욕구가 피어오르기도 했다. 다음에는 카페에 디카페인 메뉴를 추가해달라고 부탁해야지, 하고 유자차 한 모금을 홀짝 들이켰다.

"사장님 고마워요."

"뭐가?" 앞치마를 두르다 말고 건넨 한마디에 사장이 놀란다. 출근하다 말고 이게 무슨 소리지. 하는 얼굴이다.

"어제 들려주신 노래. 잘 들었어요."

나는 싱긋 웃으며 사장에게 말한다. 그리곤 아무 일도 없었다는 듯 카운터 앞으로 걸어간다. 싱거운 대화에 사장은 피식 웃더니 카페 구석으로 가 핸드폰을 켜고 할 일에 열중한다. 최근 사장은 온라인 게임에 빠졌다. 덕분에 나는 일이 늘어났고, 카페에 대해 더 구석구석 알게 되었다.

딸랑-.

지금 온 손님은 늘 딸과 함께 방문하곤 했다. 주말이 되면 유모차에 딸을 태워 카페에 와 커피를 한 잔 시킨다. 그리고 적당히 시간을 보내며 핸드폰을 하다 혼자 울기도, 웃기도 한다. 이 손님이 인상 깊은 이유는 아이가 있음에도 몹시 젊어 보였기 때문이다. 긴 생머리를 늘어뜨리고 운동화를 신었지만 짧은 양말을 신어 하얀 발목이 살짝살짝 보였다. 확실한 건 그녀는 생기가 있었다. 창가에 앉아 있다가 흰 얼굴에 햇빛이 드리우면 잠깐씩 자리를 옮겨가며 한참 동안 창밖을 바라보았다.

그녀의 모습이 꼭 그를 닮았을까. 나는 왜 사람들을 보며 늘 그를 떠올릴까. 한참을 고민하다가도 다시는 볼 수 없는 그가 떠올라 눈을 감고 말았다. 그녀는 늘 자세가 반듯했다. 핸드폰을 하든, 책을 하든 꼿꼿하게 선 허리에 가끔 긴 머리칼이 닿을 때 나는 그녀가 참 아름답다고 생각했다. 나는 그녀를 보면 아리송한 감정이 가슴께에서 치밀어 오르곤 했다.

그러다 어느 날 나는 그 감정이 어디서 비롯되었는지 알게 되었다. 그의 남편은 늘 보이지 않는데, 주말에도 함께 오지 않는 것을 보고 그녀가 남편이 없다는 사실을 짐작하고 있었다. 그리고 무엇보다 그녀는 가끔 남자들과 전화를 주고받았다. 오빠- 오빠, 하고 전화하다가도 딸이 칭얼거리면 오빠 잠깐만, 하고 아이를 자상하게 챙겨주었다. 작지만 기다란 손가락으로 딸의 얼굴을 어루만지다가, 가방을 뒤적거려 작은 사탕을 꺼내 입에 넣어주었다. 그 무심하지만 자상한 손짓이 분명 내가 아는 누군가와 닮은 구석이 있었다.

그러던 어느 날, 나는 그를 다시 만나게 되었다. 정말 불현듯 그는 다시 나에게 와주었다. 정확히는 내가 아니라 그녀를 보기 위해서.

"오랜만이야." 이전부터 간절히 듣고 싶었던 말이 그의 입을 통해서 나오고 있다. 그러나 그 대상은 내가 아녔다.

그날 그녀는 늘 함께 있던 유모차를 끌고 오지 않았다. 어쩐지 그 모습이 더 잘 어울려 보이기도 했다. 그녀는 너무 젊어 보였고, 자유로워 보였다. 오랜만에 음료 두 잔을 시키고 누군가를 기다렸다. 나는 오늘 전화 속 오빠 중 누군가가 오는 걸까, 하고 무심히 바닥을 쓸고 있었다. 창문으로 햇빛이 잠깐 들어오려고 할 때, 그가 들어왔다.

"오랜만이야."

"응. 그동안 많이 바빠 보이던데. 잘 지냈어?"

그와 그녀의 대화와 둘의 표정을 보자 마음이 서늘해졌다. 그들은 서로를 애틋하게 바라보고 있었다. 그리고 그에게서 여전한 애정의 눈빛을 알아챌 수 있었다.

그는 사랑에 빠졌을 때 저런 눈빛을 하곤 했다. 약간 장난스러운 얼굴을 하고, 위트 있는 말투를 쓰며, 머리를 두어 번 쓸어 넘긴다. 언제나 진지한 법이 없으나 가볍지 않은 모습의 그는 여전히 그대로였다. 나를 감옥에 밀어 넣었던, 그를 불행하게 만들었다는 죄책감으로 하루하루를 살게 했던 그대로다.

나는 이윽고 그녀에게로 시선을 옮겨 바라보았다. 그녀도 웃고 있으나 사랑은 없다. 눈빛 뒷면에 차가움이 있다. 오랜만에 재회한 두 남녀는 그렇게 서로 다른 마음을 품고있다. 관계라는 것은 원래 그렇다. 더 마음을 주는 쪽이 을이기 마련이므로 그는 무언가 긴장한 것처럼 어깨에 힘을 주고 있었고, 들키지 않으려고 애쓰고 있었다.

반면 그녀는 머리를 넘길 때나, 음료를 마실 때나 왠지 여유로워 보였고 후련해 보이는 그 모습이 그녀를 더욱더 매력적으로 만들었다. 마치 나는 혼자일 때 더 강한 사람이야, 라고 은연중에 말하고 있는 것처럼.

그 모습에 그는 잠깐이지만 결의를 다지는 것 같았다. 이제 그는 다시는 그녀를 찾아오지 않을 것이다. 그는 마지막을 결말짓기 위해 그녀를 찾아왔다. 그는 결심했을 것이다. 더 이상 그녀에게 다가갈 수 없다는 것을, 또 그녀를 보내주어야 한다는 것을.

"하은이는 주말에 맡아줘."

"그렇게 할게. 대신 우리 집 앞까지 데려다줘."

그런 형식적이고 미적지근한 대화들이 이어졌다. 그들 앞에 놓인 커피에서는 김이 모락모락 나고 있지만, 그들의 사랑은 이미 식어 온기가 없다.

"날씨가 많이 추워졌다."

그는 그렇게 말하면서 커피 한 모금을 마셨다. 줄곧 태연한 얼굴이지만 긴장은 감출 수 없다. 종종 입술을 뜯거나 책상을 손가락으로 두어 번 두드리는 것은 그가 불안할 때 나오는 행동들이었다.

"하루아침에 겨울이 된 것 같아."

그녀는 대수롭지 않게 날씨에 관해 말한 것일 테지만, 그의 표정이 순식간에 굳어지는 것을 보니 그들의 이별을 짐작할 수 있었다. 실제로 최근 날씨는 꽤 오랫동안 따뜻했다. 기후변화가 심하다고는 들었지만, 지구온난화의 영향이 이렇게나 크게 느껴진 적은 없었다. 날씨는 지긋지긋하게 온난했고, 갑자기 비가 온 뒤에 영하로 떨어졌을 때의 배신감은 이루 말할 수 없었다. 갑자기 추워진 날씨는 적응할 시간을 주지 않아서인지 더욱 잔인하게 느껴졌다. 하루아침에 맞이한 이별도 분명 마찬가지였을 것이다.

그러고도 한참이나 대화는 이어졌다. 그녀는 단호하고 간결한 어조로 이야기했다. 카페에서 전화 통화를 할 때까지만 해도 그녀가 애교가 많은 편이라고 생각했으나 단단하고 분명한 태도에서 그녀가 신중하고 침착한 사람이라는 사실을 알 수 있었다.

그러다 문득 정적이 찾아왔다. 그 정적은 더 이상 그들 사이에 주고받을 말이 다 떨어졌다는 것을 의미했다. 그리고 그녀가 이제는 정말로 각자의 길을 가야 한다고 힘주어 말했다. 그렇게 그들의 관계는 일단락됐다. 그녀가 먼저 자리에서 일어났고, 그는 그녀에게 가볍게 인사한 뒤 계속해서 커피를 마셨다. 창밖으로 사라지는 그녀의 모습을 그는 한참이나 응시했다.

나는 용기가 필요했다. 그에게 다시 설 수 있을 용기. 오늘이 지나면 그는 절대로 이곳을 방문하지 않을 것이다. 그렇기에 나는 다가서야 했다. 그러기 위해서는 모든 것을 지워야 했다. 내가 가진 결핍, 자기부정, 평가, 자책.

"휴지, 필요해?"

그제야 그가 창밖으로 두던 시선을 거둔다. 오랜만에 마주하는 그의 눈. 나는 지금 지푸라기라도 잡는 심정으로 그의 앞에 서 있다. 아마 조금 전에 그의 표정을 닮아있을지도 모른다. 그는 멍하니 나를 응시하다가 벌떡, 일어선다.

"오랜만이다! 정말로"

그가 결혼했다는 사실을 아는 사람은 적다. 나 또한 그 사실을 몰랐다. 그가 자랑하길 좋아하는 성격이 아니라는 것은 알고 있지만, 도리어 결혼을 숨길 이유는 또 뭔가. 마음속에서 무언가가 솟구쳐 올라와 떨리는 목소리로 물었다.

"네가 그렇게 일찍 결혼할 줄은 몰랐어."

그는 짐짓 놀랐지만 웃으며 대답했다.

"아까 들어서 알겠지만 이젠 같이 안 살아. 이혼했거든."

"예쁘더라."

"그 사람?"

"아니, 두 사람. 뭔가 닮았어."

사랑했던 사람들에게는 묘한 공통점이 생긴다. 나는 그의 외로움과 결핍을 가져왔다. 가끔 자책하는 밤이 길어질 때면, 그가 먹던 수면제가 떠올랐고 그가 여전히 잠 못 들지 않는지 걱정했다. 잠이 들기 전엔 나를 지나쳤던 수많은 사람의 표정을 기억하려고 애쓴다. 그러한 행위를 통해 잃어버린 나의 인간성을 되찾고 싶었는지도 모른다. 그러다 보면 나에게 있는 무심함이 사라지는 것 같았다. 그리고 두 사람은 생기가 있었다. 상냥한 말씨며 타인에게 감동을 줄 만큼 따뜻한 눈웃음, 자유롭고 호쾌하며 인간적인 모습들이 그랬다.

"지금은 뭐 하고 지내?"

그가 걸어온 길이 궁금했다. 이전과는 다르게 다소 까칠해진 그의 뺨을 바라보며 물었다. 그는 먼저 결혼에 대해 말했다. 군대를 다녀오고 나서는 더 방황하게 됐다고, 구제 불능의 사람이 된다는 건 몹시 절망적인 일이었다고, 군대에서는 사회에서 무엇을 하고 왔든, 아무리 말하려 해도 달라지지 않는 것들이 있었다고, 그러면서 사회에 순응하는 법을 배울 수 있게 되었다고 말하곤 쓸쓸하게 웃었다.

그러다가 그녀를 만나게 되었다. 늦은 시간 집으로 돌아가는 길에 지하철 안에서 그녀를 만났다고 했다. 그녀는 누군가를 혼내고 있었다. 잔뜩 취한 취객이 지하철에 앉아있던 우리 또래의 여자 학생을 희롱했었고, 잔뜩 화가 난 그녀는 취객에게 고래고래 소리를 지르고 있었다고 한다. 그녀는 정의로운 사람이라고 했다. 그의 눈에 그녀는 의로움으로 가득 찬 사람 같았다. 지하철역에서 구걸하는 사람을 마주치면 가끔씩 주머니에서 현금을 꺼내 놓거나 환경과 가난에 대해 목소리를 내는 일을 하고는 했다.

아무튼 그는 지하철에서 소리를 지르고 있는 그녀에게 첫눈에 반해 따라 나갔고, 조심스럽게 자신의 연락처를 건네주고 왔다고 했다. 그리고 얼마 지나지 않아 뜻밖에 축복이 찾아왔다고 한다. 물론 그것은 예상치 못했던 일이었고, 주변의 시선 또한 따가웠다고 한다. 그러나 둘은 찾아온 축복을 애써 지우고 싶지 않았고 책임을 져야 한다는 데에 상호 동의했다.

그리고 이 일에 대해서 죽을 때까지 후회하지 말자고 약속했다.

그럼에도 아직 20대의 그들 앞에 드리운 가난은 도망친다고 도망칠 수 있는 일이 아니었다. 가난은 끝까지 그들의 발목을 붙잡았고, 자본으로부터 자유롭지 못했던 그는 군대에서 겪었던 때처럼 꿈을 접었다고 했다.

나는 그때처럼 그의 마음에 드는 대답을 찾기 위해 뜸을 들였다. 그들의 결혼생활이 궁금했지만 더 이상 캐물으면 안 될 것 같았다. 그는 대화 주제를 돌리기 위해서인지 내 안부를 물었다. 너는 잘살고 있니. 나는 여전히 공부 중이야. 너는 잘할 거야. 나쁘지 않아. 늘 잘 됐으면 했어. 하는 식의 형식적인 대화들이 이어졌다.

"오늘 알바 끝나면 같이 술이나 한잔할까?"

그가 먼저 나에게 물었을 때는 당황할 수밖에 없었다. 오늘 뭐 하냐고 물었던 그날이 떠오르지 않을 수 없었다. 여전히 가슴은 설렜고, 잠깐 머리를 매만지고는 고개를 끄덕였다.

다시 만난 그는 흰 티셔츠를 입고 왔다. 우리는 그때로 돌아간 것처럼 오랜 시간 대화를 나눴고, 가끔은 숟가락을 떨어뜨리곤 깔깔 웃곤 했으며, 처음 먹어보는 안주를 시키고는 미식가처럼 먹는 법에 대해 논의했다. 그리고 물음표와 느낌표를 던져대며 공기를 시끄럽게 채웠는데, 마지막에는 너무 취해서 담배를 피우러 가다가 의자를 크게 넘어뜨리고 말았다. 술집에 있는 모든 사람들의 시선이 쏠리는 게 느껴졌기 때문에 그것이 마지막 담배가 되고 말았다.

그리곤 우리 어디 갈까. 우리 집? 한때 세 사람이 살았던 복작이던 집. 지금은 나 혼자야. 라고 말하다가 그는 주저앉아 울었다. 어린아이처럼 울었다. 나는 편의점으로 급히 들어가 그의 입 안에 아이스크림을 물려주었고, 그는 콧물을 훌쩍이면서 발을 허공에다가 퍽퍽-찼다. 나와 그는 이제 앞으로 어떻게 될지는 모른다. 지금, 이 순간이 영원이 될 수도, 한순간에 꺼져 버릴 수도 있다.

나의 청춘은 어두운 밤사이를 빛내는 아주 작은 불빛이었다. 세상을 밝히기에는 조금 미약해서 어떨 때는 우스워지고 마는 그런 실낱같은 불빛. 그런 불빛을 쬐고 있으면 쬐는 사람까지도 괜히 우스워지는 그런 미약한 불빛. 언제든 힘을 주면 꺼트릴 수 있을 거 같은데, 또 생각과는 다르게 꽤나 질겨서 꺼트리려던 사람들로 하여금 완전히 질릴 대로 질리게 만든 그런 상태로 어른이 되고 말았다.

그는 늘 침침하던 나의 삶에 아무렇게나 들어와서 밤이 되어준 사람이다. 그때 난, 낮이 싫었고, 그래서 그가 피난처나 도피처 그 언저리에 있는 줄로만 알았고, 단지 조금만 쉬다가 다시 혼자가 되어야지 그런 생각을 하면서 저항도 없이 가만히 있었다. 내 삶에 이렇게나 큰 비중이 될 줄 알았다면 좀 더 오랜 시간을 소중히 대해줄 걸 후회하면서.

3부

시큼하지만 달콤한, 삶이란

레몬 에이드

김유진

3부 시큼하지만 달콤한, 삶이란

레몬에이드

돈을 벌기 위해 놀이공원에 왔다. 방학인 지금, 친구들은 여행 가고 놀고먹고 할 때 나는 아르바이트를 할 수밖에 없는 신세이다. 스무 살은 청춘을 맘껏 즐길 수 있는 시기라지만, 나에게는 부모가 남긴 빚과 편찮으신 할머니가 있다. 할머니는 힘든 몸을 이끌고도 여전히 길거리에서 폐지를 줍고 다니신다. 나도 고등학생 때부터 아르바이트를 했다. 지금까지 카페, 패스트푸드점, 주유소 안 해본 일이 없었다. 오늘부터 일을 할 곳은 서울 변두리에 위치한 놀이공원이다.

다른 놀이공원과는 느낌이 달랐다. 아기자기한 동물이 아닌 웬 낙타가 마스코트인 사막 풍경의 테마파크였다. 당장이라도 회전초가 굴러다닐 법한 서부 영화 촬영장에 온 기분이었다.

"안녕하세요. 저 아르바이트 하러 왔는데요."

"이아인 씨?"

카우보이모자를 쓰고 있는 아저씨가 다가왔다. 푸근한 미소로 나를 맞이했다. 허리춤에는 장난감 총까지 컨셉에 진심으로 빠져있는 듯했다. 영화에서처럼 권총을 뽑아 적과 경쟁을 이루는 대신, 아저씨는 친절하게 나를 소품 가게로 안내해줬다.

"포스터기 다룰 줄 알죠?"

"네, 그럼요."

"그럼 잘 해봐요."

긴말도 하지 않고 떠나버린 카우보이 아저씨의 뒷모습은 마치 악당을 처리한 듯한 주인공 같아 보였다. 소품 가게에는 선인장, 낙타, 도마뱀, 사막여우 등의 다양한 동물 인형들이 있었다. 머리띠, 옷, 컵까지 없는 게 없었다. 그러나 손님은 감감무소식이었다. 들어올 때도 보니 놀이공원에 사람이 거의 없었다. 할 일 없이 멍을 때리고 있으니 나도 모르게 스르르 잠이 들었다.

여전히 손님은 없고 나 혼자 덩그러니 앉아만 있었다. 그런데 잠들기 전과는 다르게 시야가 낮아져 있었다. 발밑을 내려다보니 내가 의자가 아닌, 계산대 위에 앉아있었다. 몸이 계산대에 바짝 엎드려 있었고, 발에는 날카로운 갈고리의 발톱이 달려 있었다. 발도 사람의 것이 아닌, 갈색 비늘의 파충류 발이었다.

옆에 놓인 거울로 나의 모습을 마주했다. 내가 도마뱀 인형으로 변해있었다. 믿기지 않았다. 갑자기 내가 인형으로, 그것도 도마뱀 모습을 한 인형으로 변하다니. 심장이 마구 뛰고 눈앞이 빙빙 돌았다.

조심히 책상을 타고 바닥으로 내려갔다. 인간일 때와는 다르게 모든 것이 엄청 크고 높게 보였다. 마치 거인의 세계에 들어온 것 같았다. 물건이 떨어지면 인간에게는 주우면 그만인 일이겠지만, 도마뱀인 나에게는 소행성 충돌보다 더 큰 충격으로 다가올 것이다. 인형 코너로 가자 음습한 분위기가 지배했다. 그들의 눈이 나를 향하는 듯했다. 태양처럼 나를 따라 움직이고 있었다. 정확히 말하자면 그렇게 느꼈다.

그 인형들 속에서 울음소리가 들렸다. 웬 낙타 인형이 흐느끼고 있었다. 낙타는 내가 다가간 지도 모르는지 계속 눈물을 흘렸다. 초췌한 몰골이었다. 이마에는 자글자글한 주름이 가득했으며 누런 털 사이사이에 흰 털이 솟아나 있었다. 얇은 다리로 바닥을 겨우 지탱하고 있는 모습이 어딘가 안쓰러워 보이기까지 했다. 내가 낙타의 어깨를 툭툭 치자 그제야 화들짝 놀라 나를 쳐다본다.

"누구야?"

"저는 도마뱀이에요."

그가 의심의 눈초리로 나를 바라보았다. 등에는 무거운 가방이 들려 있었고, 그 무게로 인해 어깨가 굽어 있었다. 가방에 짓눌려 있는 커다란 혹은 공동묘지의 무덤처럼 보였다.

"그 짐은 뭐예요?"

"주인님이 주신 거야."

아무 감정 없는 표정이다. 눈은 어디를 보고 있는지 모를 정도로 공허했다. 그에게 더 이상 어떤 말도 걸 수 없었다. 정적이 흘렀다. 이곳이 놀이공원인지 독서실인지 모를 정도로 조용했고, 그 공기가 무섭게 느껴졌다. 숨 막히는 공기가 참기 힘들었다. 낙타뿐만 아니라 다른 인형들의 눈도 공허하게 보였다. 결국 나는 밖으로 나서기 위해 문 앞에 섰다.

"어디 가는 거야?"

"답답해서요. 밖에 나가려고요."

드디어 그가 입을 열었다. 밖으로 나가겠다는 말에 천천히 내 쪽으로 걸어왔다.

"밖은 위험해. 주인님이 그렇게 말했어."

"그럼, 우리 같이 나가요!"

"무슨 소리야. 절대 안 나가."

"주인님이 나오랬어요."

"너도 주인님을 알아?"

"네, 뭐."

"그래, 알았어."

대충 얼버무렸는데, 생각보다 단순하다. 주인님의 말이라면 순순히 따르는 모습이라니.

'놀이'공원이라는 의미와는 상반되게 이곳은 굉장히 삭막한 공간이었다. 작은 도마뱀에 불과한 나에게는 공포감으로 다가올 뿐이었다. 놀이공원보다는 사막이라는 명칭이 더 알맞은 곳이었다. 나는 이제 막 태어난 갓난아기처럼 호기심 가득한 눈으로 이곳을 바라보았다. 놀이공원에는 아무 사람도, 소리도 존재하지 않았다.

서늘한 모래바람이 불고 있었고, 드문드문 서 있는 선인장은 초록빛이 아닌 누런빛을 띠고 있다. 단단하기보다는 물렁물렁해 보였고, 가시마저도 위협적으로 보이지 않았다. 바늘 같이 날카롭지 않고, 오랫동안 글씨를 써서 닳은 연필심처럼 뭉뚝했다. 모랫바닥에서는 뜨거운 태양열로 아지랑이가 피어올랐다. 메말라 있는 나무에는 앙상한 나뭇가지가 겨우 달려 있었다. 곧 바람에 날아갈 것처럼 말이다.

저 멀리서 나사 하나 풀린 것처럼 덜컹거리며 움직이는 자이로드롭이 보였다. 수동으로 올리는 게 아닌가 싶을 정도로 느렸다. 버겁게 정상에 올라가려는 것에 비해, 내려오는 속도는 어마무시하게 빨랐다. 땅을 뚫을 것처럼 아래로 곤두박질쳤다.

그 옆 회전목마에는 유일하게 은은한 조명이 켜져 있었고 잔잔한 음악까지 틀어져 있었다. 말이 위아래로 왔다 갔다 움직이며, 빙글빙글 돌았다. 가까이 다가가 보니, 목마가 아니라 살아있는 말이었다. 인공조명이 아니라 하얀 말의 털이 햇빛에 반사해 빛을 발하고 있는 것이었다. 음악도 누군가가 튼 것이 아닌, 말이 부르는 휘파람 소리였다. 유독 이곳에서는 지금까지 볼 수 없었던 광채가 느껴졌다. 계속 같은 자리만 도는 것이 뭐가 재미있을까 싶었지만, 말의 눈에서는 안광이 반짝이고 있었다. 섬뜩할 정도로 무아지경에 빠진 모습이었다.

그러고 몇 분을 걸었다. 무더위 속에서 오래 걸었더니 온몸에 힘이 쫙 빠져나가기 시작했다.

"짐 무겁지 않아? 내려놓는 게 좋을 거 같은데."

"이 가방은 주인님이 주신 선물이야."

"선물이 아니라 짐 같은데."

"조용히 해."

주인님에 대한 그의 믿음이 굉장히 강해 보였다. 누구든 말릴 수 없을 정도로. 그때 내 등 뒤에서 엄청나게 큰 형체가 다가오는 것이 느껴졌다. 내 앞으로 커다란 그림자가 졌고, 낙타의 얼굴은 파랗게 질려 있었다. 안 그래도 자글자글한 주름은 더 깊어졌고, 퀭한 눈이 겁에 질린 동그란 눈으로 바뀌어졌다. 그 눈동자에 뾰족

뾰족한 갈기가 비추어져 보였다. 낙타는 지금껏 보지 못했던 속도로 잽싸게 도망갔다. 확실히 아까 본 자이로드롭의 올라가는 속도보다 빨랐다.

뒤를 돌았을 때는 살기 넘치는 사자의 눈이 정확히 나를 향해있었다. 나도 낙타처럼 아니 그보다도 빠른 속도로 달렸다. 모랫바닥을 헤집느라 눈앞이 뿌예졌다. 내가 사자를 피해 도망치는지, 모래를 피해 도망치는지 분간이 어려웠다. 내 꼬리가 무언가에 잡혔고, 더 이상 몸을 움직일 수가 없었다.

그때 어렸을 때 보았던 '생생 백과사전' 만화책에서 도마뱀은 위기 상황 때 꼬리를 자르고 도망친다는 기억이 떠올랐다. 꼬리에 힘을 주자 꼬리 끝이 뚝 하고 떨어져 나갔다. 호랑이한테 잡혀도 정신만 차리면 산다더니, 사자한테 잡혀도 해당하는 것이었다. 조상들의 지혜와 만화책의 지식에 감사하며 저 멀리서 파들거리고 있는 낙타의 등 뒤로 숨었다. 하지만 낙타는 이미 겁에 질려 기절한 상태였다.

사자는 우리를 잡아먹기 위해 입을 크게 벌렸다. 이빨 개수가 몇 개인지 셀 수 있을 정도였다. 그중 충치 개수까지 맞힐 수 있을 것 같았다.

"잠시만요. 우리 대화로 해결해요. 우리는 동물이 아니라 인형이에요."

"괜찮아. 뭐든 뱃속으로 집어넣고 싶어."

사자가 쩝쩝거리며 입맛을 다셨다. 그러나 사자의 위엄은 보이지 않고 갈비뼈가 보일 정도로 뱃가죽이 얇았다. 꼬리는 축 늘어져 있었고 썩은 치아마저 볼품이 없었다. 그는 어쩌다 이렇게 되었을까?

"당신은 왜 여기에 혼자 있나요?"

"이곳은 폐놀이공원이야. 사람들은 놀이공원을 찾지 않고, 돈을 벌어들이지 못했어. 말라비틀어진 선인장만 먹으면서 버티고 있지."

사자의 눈에 눈물이 고였다. 그를 당장이라도 끌어안아 주고 싶었지만 그러기에 내 몸은 너무 작고, 그의 몸은 너무 컸다. 나는 고작 그의 엄지발가락만 했으니까.

"저는 원래 도마뱀이 아니었어요. 인간이었죠. 어쩌다 이렇게 된 건지 모르겠지만, 갑자기 도마뱀이 되었어요."

"그래서 기분이 어떤데?"

"한편으론 나쁘지 않아요. 인간일 때의 삶은 너무 괴로웠어요. 차라리 작아지니까 아무 눈에도 띄지 않을 수 있어서 편해요."

"자유를 찾은 거구나?"

자유? 이것을 자유라고 할 수 있을까? 그의 눈빛에서 부러움이 느껴졌다. 내 모습은 그 누구보다도 보잘것없는 작은 생명체일 뿐이었다. 동물의 왕이라고 불리는 사자에게 부러움을 사는 것이 부끄럽기만 했다.

"밖은 어떤 곳이야?"

우리 안에만 갇혀 있던 사자에게 '밖'이란 어떤 곳일지 미지의 영역이었다.

"아마 당신이 살던 초원에는 많은 동물이 뛰어놀고 있을 거예요. 드넓은 들판, 키가 큰 나무, 맑은 호수의 광경이 펼쳐있어요."

"난 이 동물원에서 태어나서 초원을 몰라."

"한마디로 정의하자면… 유토피아예요."

그때 기절했던 낙타가 일어났다. 낙타는 겁에 잔뜩 질려버린 채로 내 뒤에 와서 섰다.

"인사해요. 이쪽은 사자, 이쪽은 낙타."

"너희는 동물을 잡아먹는 무서운 육식 동물이야. 네가 매일 낮과 밤 가리지 않고 울부짖는 바람에 사람들이 다 떠나간 거야. 다 너 때문이라고."

낙타는 갑자기 사자를 나무라기 시작했다. 사자는 어리둥절해하더니 펑펑 울기 시작했다.

"나도 여기서 나가고 싶어. 너무 괴로워."

사자와 낙타가 아무 말도 하지 않고 서로를 바라보았다. 어쩌면 같은 마음을 공유하고 있었던 것 아닐까?

"나는 주인님을 찾고 있어."

"이 놀이공원에 주인님은 없어. 아무도 남지 않고 다 떠나갔다고. 저 후룸라이드 앞의 피에로는 그냥 정신 나간 놈이니까 제외해야 해."

낙타가 사자를 처음 만났을 때처럼 눈을 동그랗게 떴다. 낙타는 소품샵에 갇혀 있었고, 이 놀이공원이 어디인지 어떤 곳인지 모르는 듯했다. 낙타가 한숨을 쉬더니 이렇게 말했다.

"주인님이 없다면 나는 더 이상 살아갈 이유가 없어. 그러니 나를 잡아먹어."

사자가 당황했다. 그러나 굶주린 사자는 이것저것 가릴 이유가 없었다. 결국 입을 크게 벌려 낙타를 입에 집어넣는다. 그 광경을 직접 보기 힘들어 곁눈질로 바라보았다. 꿀꺽하고 삼키자 사자의 목에서 어떤 물체가 넘어가는 게 보였다. 낙타를 추모하고 있을 즈음, 사자가 배를 부여잡고 드러누웠다. 강아지처럼 낑낑댔다.

"왜 그래요?"

"배가 너무 아파."

공복에 갑자기 인형을 먹었기 때문일까? 아니면 그 가방 안에 무언가가 들어있었기 때문일까? 가방 안에 들어있던 것은 대체 무엇이었을까? 아마 주인님이 넣어놓은 식량이 썩은 게 아닐까 싶다. 몇 년 동안 부패한 짐 덩어리는 결국 사자를 아프게 했다.

인형인 내가 할 수 있는 건 아무것도 없었다. 사자가 깊은 심호흡을 내뱉었다. 그저 그가 시름시름 죽어가는 모습만 지켜봐야 했다. 도마뱀은 그저 무력한 존재일 뿐이다.

"결국 여기서 이렇게 가는구나. 어차피 밖에도 못 나가는데 조금 더 즐길 걸 그랬나……. 유토피아는 실제로 존재하는 공간일까? 아니 그건 중요하지 않아. 너는 우리 같이 살지 마. 더 자유롭게 살아, 후회하지 말고."

결국 그의 숨이 멎었다. 내 몸에 100배는 커 보이는 살덩어리에서 어떠한 온기도 숨결도 느껴지지 않았다. 조금 전까지 나와 대화를 나누었던 존재가 맞나 싶을 정도로 생명력이라는 것이 느껴지지 않았다. 누군가의 끝과 죽음을 지켜본 것이 처음이라 기분이 이상했다. 사자의 눈을 감겨주고 그곳을 떠났다.

아까 분명히 사자가 피에로 이야기를 했다. 이곳에 유일한 사람을 만날 수 있다는 기대감으로 후룸라이드를 찾아갔다. 그 앞에는 기다란 피에로가 서 있었다. 빨간 땡땡이 무늬의 노란색 멜빵에 빨간 머리, 빨간 코, 쭉 찢어진 입술을 한 그가 나를 쳐다보았다.

"안녕, 도마뱀 친구!"

귀청이 떨어질 뻔했다. 낙타와 사자와는 견줄 수 없을 정도로 활발한 인간이었다. 사자 말대로 이상해 보였다.

"안녕하세요. 아저씨는 여기서 뭐 하고 있으신 거예요? 사람도 없는데."

"공연하고 있지."

"관객이 없는데 공연을 하면 무슨 의미가 있죠?"

"아무리 관객이 없더라도 공연을 하는 게 좋으니까. 당장 내일 죽더라도 후회하지 않게 하루하루를 열심히 사는 거지. 너를 위해서 특별히 공연을 보여줄게. 지금까지 갈고닦은 실력을 한 번 봐봐."

그가 빨간 공을 꺼내 들어 저글링을 하기 시작했다. 공이 공중 위로 포물선을 그리며 튀어 올랐다. 그의 눈이 공에 따라 움직인다. 공은 당장이라도 바닥에 떨어질 것 같지만 절대로 떨어지지 않는다. 그가 이리저리 걷고 점프를 해도 떨어지지 않았다. 박수갈채를 절로 나오는 묘기였다.

"어때? 재미있지?"

"네. 또 보여주세요."

그가 술잔에 술을 가득 따른다. 손가락에 술을 묻히고 술잔을 입안에 털어놓고는 라이터를 꺼낸다. 라이터 불을 검지와 중지에 갖다 대자 손가락에 불이 붙는다. 입 안에 머금고 있던 술을 손가락으로 향해 뿜어내자 불길이 치솟는다. 마치 용이 불을 뿜어내는 것 같다. 공연을 보여주는 그의 모습에서 아까 회전목마에 있던 말이 겹쳐 보였다. 눈동자가 뜨겁게 빛났다. 그가 내뿜은 불보다도 뜨거운. 공연을 끝마치고 할 일이 없어진 우리는 벤치에 밀뚱히 앉아있었다.

"그거 알아? 사실 내 얼굴은 분장이 아니야."

"그럼, 가면인가요?"

"아니. 내 진짜 얼굴이야."

자세히 보니 빨갛게 부풀어 있는 코와 쭉 찢어져 있는 입술까지 분장이 아니었다.

"옛날에 말이지. 나는 동네에서 인기가 많은 사람이었어. 믿기지 않겠지만 말이야. 남녀노소 모두 나를 피리 부는 소년마냥 따라다 녔지. 그런데 언제 한 번 등산을 하러 산에 올라간 적이 있어. 아 주 아름다운 산이었지. 근데 산을 걷다가 고양이 울음소리가 들리 는 거야. 그 고양이가 나무 위에 올라가서 못 내려오고 낑낑대고 있더라고. 나는 한 치의 망설임도 없이 나무 위로 올라갔고 고양이 를 안으려고 손을 내밀었어. 그런데 내가 헤치려는 줄 알았는지 내 얼굴을 막 할퀴더니 입 양옆을 쭉 찢어버렸어. 고양이를 품에 안고 내려오려는데, 고양이가 나무에 달려 있던 벌집을 발로 툭 쳤더니 벌집에서 벌들이 우르르 나왔고, 코에 벌침을 쏘였어.

이 기괴한 얼굴 때문에 사람들은 나를 싫어했어. 괴롭힘도 당했 었지. 그래서 한때는 나도 내가 너무 미웠어. 나는 왜 이렇게 되었 을까 세상을 원망했지. 하지만 남 탓을 해 봤자 바뀌는 건 아무것 도 없었어. 오히려 당장의 삶을 즐기지 못할 뿐이더라고.

그래서 에라 모르겠다 하고 놀이공원에 놀러 갔어. 사람들이 내 얼굴을 보고 놀라지 않을까 걱정했는데 내 예상과 정반대로 흘러 갔어. 이곳에서만큼은 다들 나를 좋아했거든. 특히 어린아이들이 내 얼굴만 보고도 깜짝 놀라다가 꺄르르 웃었다가 하더라고. 그때 부터 나는 공연을 하기 시작한 거야."

"사람들이 없어서 많이 외로우시겠어요."

"맞아. 한때 이 놀이공원도 엄청 잘나갔는데, 점점 사람이 줄어들더니 이 상태까지 왔지. 하지만 지금은 공연 자체를 즐기고 있어. 그 어떤 것도 바라지 않고, 언제나 이 자리를 지키고 있지."

이야기를 하면서도 그의 입가에는 미소가 절로 머금어져 있었다. 그는 이상한 사람이 아니라 그저 삶을 즐기고 있는 사람이었다. 그때 멀리서 어떤 아이의 울음소리가 들렸다. 소리를 향해 가보니 눈코입이 없는 아이가 울고 있었다. 아이는 유치원생 정도 되어 보이는 작은 아이였다.

"왜 울고 있니?"

"부모님이 사라졌어요."

"무슨 소리야?"

"엄마는 스스로 목숨을 끊으셨고 아빠는 병으로 돌아가셨어요. 엄마아빠가 매일 싸웠거든요. 엄마가 다니던 교회가 이상한 곳이었나 봐요."

"많이 힘들겠구나… 괜찮아?"

"제가 부모님을 말렸다면, 살아 계셨을까요?"

"그건 네 잘못이 아니야. 자책하지 마."

아이의 어깨가 축 처져 있었다. 팔을 타고 올라가 아이의 눈물을 핥았다. 사람인 모습으로 만났다면, 꼭 안아주었을 텐데. 내가 할 수 있는 일은 그저 아이가 행복하기를 바라는 것뿐이었다. 그때 피에로가 외발자전거를 타면서 저글링을 보여주자 아이가 언제 울었냐는 듯이 깔깔 웃는다. 피에로가 주머니에서 막대 사탕을 꺼내 건네준다.

"우리 그만 울고 이제 놀까?"

"네!"

"뭐 하고 놀까?"

"그림이요!"

피에로가 벌써부터 지루한 표정을 짓는다. 떨떠름한 표정으로 스케치북과 크레파스를 쥐어준다.

"너도 그림 그리는 거 좋아해?"

"네. 좋아해요."

"나도 좋아하는데. 네가 나를 좀 그려줄래?"

아이가 작은 손으로 초록색 크레파스를 집어 들고 거침없이 그림을 그리기 시작했다. 아무 것도 없는 백지 같던 아이의 얼굴에 서서히 형체가 생겨났다.

"나도 어렸을 때 그림 엄청 좋아했는데."

"지금은요?"

"여러 현실의 벽에 막혀서 그만뒀어."

"그런 게 어디 있어요. 그리고 싶으면 그리면 되죠."

"그러네. 네가 나보다 똑똑하다."

크레파스가 스케치북 위에서 자유롭게 항해했다. 집중하다 보니 아이의 입술이 점점 튀어나왔고, 미간에는 인상이 찌푸려졌다. 자신의 그림에 심취하더니 다 그리자 해맑은 표정을 짓는다. 스케치북을 뒤집어 그림을 보여주려고 하는데…….

"아저씨!"

깊은 잠에서 깨어났다. 깨어나자마자 보이는 건 나를 뚫어져라 쳐다보고 있는 어떤 아이였다. 도마뱀 인형을 계산대 위에 올려놓았다. 고사리 같은 손으로 돈을 낸다. 그러고 아무 말 없이 인형을 가지고 가버린다. 그러나 몇 걸음 걷다 말고 다시 돌아와 말똥말똥한 눈으로 쳐다보며 묻는다.

"아저씨, 무슨 꿈 꾸셨어요?"

"글쎄. 엄청 이상한 꿈이었어."

잠에서 깨자마자 꿈의 기억이 흐릿해졌다. 꿈을 복기하자니 머리가 지끈거렸다. 뻐근한 목을 돌리며 인상을 찌푸렸다.

"막 울다가 방긋방긋 웃었어요. 이렇게!"

아이가 입꼬리를 자기 손으로 올리며 한껏 웃어 보인다.

"재미있는 꿈이었나 봐요."

"응. 흥미로운 이야기였어."

아이가 다시 뒤를 돌아 나간다. 그나저나 꿈속의 그 아이는 지금쯤 무엇을 하고 있을까? 사막에 덩그러니 남겨진 채 도마뱀 인형이 사라졌다고 울고 있진 않을까 걱정이 된다. 하지만 내 생각과는 다르게 아이는 벌써 나를 잊었을 것이다. 어쩌면 계속 그림 그리기에 몰두하거나 피에로 아저씨의 공연을 보고 놀이 기구를 타고 있을지도 모른다. 아이들은 떠나간 과거와 다가올 미래가 아닌 순간순간을 살아가는 존재이니까. 나는 '한낮 꿈'에 불과한 상상은 잠시 접어두고 일에 집중하기 시작했다.

에필로그

에필로그

　가정집이 늘어선 골목에 위치한 탓에 '커피 칸타타'는 늦은 밤까지 가로등과 함께 밤 공기를 밝히는 유일한 상점이다. 한 골목만 돌아 나가면 큰길이 나오고 높은 건물도 몇 개 있지만, 그 키 큰 건물이 큰길의 불빛과 소리를 가로막아 카페가 있는 골목은 조그맣고 조용하고 어두운 채로 남아있을 수 있다.

　덕분에 밤중에 '커피 칸타타'의 앞을 걸으면 아주 어둡지도 밝지도 않게 은은하게 내뿜는 불빛에 마음까지 자못 따스해진다. 나무로 만든 테라스에 달린 울타리에는 장연수 씨가 올가을에 손수 달아놓은 크리스마스 전구가 노랗게 빛난다. 크리스마스도 지났지만, 그녀는 그렇게 밝게 빛나는 테라스가 꽤나 마음에 들었고, 봄이 오기까지는 그대로 두기로 했다.

'커피 칸타타'는 열 시에 문을 닫지만, 주문은 아홉 시 반까지만 받는다. 마지막 저녁 타임 알바를 아홉 시에 보내고 난 후부터는 장연수 씨 혼자서 카페를 지킨다. 직전 타임 알바생이 퇴근하기 전 주방 정리를 얼추 해준 덕에, 새로 손님이 오지만 않으면 카페의 하루도 그대로 마무리된다.

장연수 씨는 카페에서 돈 몇천 원을 더 버는 것보다 집에서 가족들과 함께하는 편이 더 좋았다. 장연수 씨의 모토는 확실하다. '카페에서 일하는 시간 동안은 카페에 충실하고, 카페를 마감하고는 가정에 그리고 자신에 충실하자.' 그러니까 열 시가 지나면 장연수 씨는 집에 가야 한다.

이날은 장연수 씨에게 좀 특이한 날이었다. 카페에서 기타를 치겠다는 이상한 손님과 입씨름을 하기도 했고, 항상 낮에 들어와서 카페모카 한 잔 시켜놓고 구석탱이 자리에서 저녁까지 버티다 나가는 아가씨도 오늘은 웬일인지 금방 나가버렸다.

그리고 마감 시간이 다가오도록 나가지 않고 노트에 뭔가 끄적거리는 저 학생이 오늘의 세 번째 수수께끼이자 장연수 씨의 눈엣가시였다. 도무지 나갈 기미가 보이지 않았다. 학생은 뭐가 그리 즐거운지 계속 히죽히죽 웃었다. 자세히 보니 글씨를 쓰는 게 아니라 그림을 그리고 있는 것 같았다. 대단한 장비도 없이 노트에 연필 한 자루를 들고도 그 학생은 꽤 깊이 몰입하고 있었다.

아홉 시가 넘도록 카페에 남은 손님은 그 학생 하나와 한 시간 쯤 전부터 들어와 이야기를 나누는 커플까지 해서 딱 두 테이블이었다. 시계가 아홉 시 삼십 분을 지나자 장연수 씨는 짐짓 발소리를 내며 카페 정문으로 걸어가 'open' 팻말을 'closed'로 뒤집었다. 그리고 카운터로 돌아온 그녀는 커피머신의 전원을 끄고 행주로 기계를 닦았다. 꺼내놓았던 크림과 시럽을 냉장고에 넣고, 카운터를 정리한 뒤에 포스기를 마감했다.

신나게 떠들던 커플은 그런 그녀를 지켜보고는 잠자코 카페를 둘러보다가 열 시 영업 종료 안내판을 보았는지, 자기들끼리 뭐라고 떠들고는 주섬주섬 자리를 정리하기 시작했다. 아홉 시 사십 분이 되자 마침내 그 커플이 정리를 마치고 자리에서 일어났다. 날이 쌀쌀해서 잔뜩 무장을 하고 나온 그들은 코트에 목도리에 장갑까지 끼느라 자리에서 일어나고도 밖으로 나서는 데까지 시간이 좀 걸렸다. 그들은 다 마신 컵이 있는 쟁반을 카운터에 올려놓고 카페를 나갔다.

"안녕히 계세요."

"조심히 가세요."

그들이 카페를 나가자 장연수 씨는 밝게 인사를 한 뒤, 쟁반에 올려진 컵을 싱크대에 넣고 물을 받아 놓았다. 그녀는 쟁반을 찬장에 올려놓고 행주를 들고 그들이 앉아있던 자리로 향했다. 시계를 보니 아홉 시 사십오 분을 지나고 있었다. 그녀는 커플이 앉은 자리를 닦으면서 여전히 앉아있는 학생 쪽을 흘끗 살폈다. 아직 시간이 십오 분 정도 남아있어서 일단 학생은 그냥 두기로 했다.

학생 쪽을 살피느라 청소는 평소보다 오래 걸렸다. 다시 카운터로 돌아온 그녀는 이 정도 했으면 눈치는 줄 만큼 줬다고 생각했다. 더 이상 그 학생을 재촉하고 싶지는 않았다. 열 시가 되면 말해줘야겠다고 생각한 뒤 그녀는 요즘 푹 빠진 온라인 게임을 틀었다. 그렇게 잠깐 게임을 하고 있으니 학생이 그제야 자리를 정리하고 쟁반을 카운터로 가져왔다.

"죄송해요. 오랜만에 그림 그리느라 시간 가는 줄을 몰랐네요."

"괜찮아요. 근데 뭘 그렸어요?"

"그냥 아이요. 도마뱀 인형 들고 있는 아이."

학생은 그 얘기를 하고는 갑자기 웃음이 터졌다. 역시 뭔가 이상하다고 생각은 했지만, 그녀는 그냥 같이 웃어주었다. 학생은 미소를 지어보이더니 가게를 나섰다. 학생이 나가자, 그녀는 학생이 가져온 컵은 싱크대에 넣어서 물을 받아놓고 쟁반은 찬장에 넣었다. 컵에 남은 음료의 흔적을 물로 한번 씻어내고 싱크대에 그대로 두었다. 시간이 늦었으니 설거지는 내일 아침에 와서 해야겠다고 생각했다. 그녀는 행주로 학생이 앉은 자리를 한번 닦고 카운터에 돌아와 짐을 챙기고 겉옷을 걸쳤다.

장이수 씨는 먼저 카페의 불을 다 끄고, 간판 네온사인을 끄고 밖으로 나와 문을 잠갔다. 테라스에 달린 크리스마스 전구의 콘센

트까지 빼자, 골목에는 이제 가로등 불빛만 남았다. 겨울밤이라 날이 쌀쌀하다. 어제 내린 눈이 아직 덜 녹아서, 발길이 닿지 않는 골목 구석에는 여전히 눈이 소복이 쌓여있었다.

구름 한 점 없는 밤하늘에는 별이 콕콕 박혀 반짝였다. 아침 뉴스에서는 북쪽에서 불어오는 찬 바람의 영향으로 미세먼지가 거의 없다고 했다. 그녀는 그런 데는 큰 관심은 없었다. 어쨌든 날은 좀 추워도 미세먼지 없이 맑은 하늘 덕에 만난 겨울밤의 별빛이 그저 반가울 따름이었다.

별빛 반짝이는 밤하늘을 보며 고개를 들고 한 바퀴 돌다가 그녀의 시선이 간판에 멈췄다. 나오면서 간판의 불도 꺼버려서 밝게 보이지는 않았지만, 가로등 불빛에 살짝 글씨를 알아볼 수는 있었다. '커피 칸타타' 누가 지었는지 이름 한번 잘 지었다.

'커피 칸타타'를 지은 바흐와 마찬가지로 장연수 씨도 커피를 참 좋아한다. 그래서 직장을 때려치우고 나와서 처음 든 생각이 카페였다. 그리고 카페를 개업하고 3년이 지난 요즘, 그녀는 커피보다 커피를 마시러 오는 사람들이 더 좋아졌다.

그녀는 '커피 칸타타'의 사람들을 관찰하는 것이 재밌었다. 카페를 드나드는 사람들은 다양했다. 할머니 손을 잡고 들어오는 어린아이부터 낮 시간을 때우기 위해 단체로 찾는 아주머니들, 달달한 커피를 찾는 어르신들부터 카페인을 채우기 위해 쓸쓸한 아메리카노를 마시는 직장인들까지. 커피 한 잔 시켜놓고 몇 시간을 앉아있는 학생, 커피 다섯 잔을 시키고는 나오기 무섭게 양손에 들고 부

리나케 돌아가는 사무실 막내. 장연수 씨는 커피를 음미하는 그 사람들을 볼 때마다 카페를 열기 참 잘했다고 생각했다.

그녀는 고개를 내리고 발걸음을 옮겼다. 갑자기 찬 바람이 쌩하고 그녀를 스쳐 지나갔다. 그녀는 몸서리치며 겉옷을 여미었다. 그리고 손을 싹싹 비비며 '호' 불고 내일은 장갑을 끼고 나와야겠다고 생각했다. 그녀는 혹여나 미끄러질까 차마 주머니에 손을 넣지는 못한 채 주먹을 꽉 쥐고 조심조심 걸어갔다.

'프로젝트'라는 단어가 그리 낯설지 않은 요즘. 여럿이 모여 몇 권의 '책'을 만들기로 했다. 일상 곳곳에서 맞닥뜨리는 지극히 익숙한 대상이지만, 줄곧 읽을 생각만 했지 정작 이를 만드는 일까지는 상상해 보지 못했던 터였다.

'가천'에서 '인문'으로 만난 이들. 처음부터 끝까지 기획, 집필, 편집, 디자인 모두 이들 손에 이루어졌다. 매년 이맘때면 이런 결과물이 앞자리 번호를 달고 하나둘 쌓이리라 기대한다. 시간을 거스르며 결국은 그 숫자들이 우리를 이어 줄 것이다.

짧지만 강렬했던 한 달이 지난 지금, 어느새 모두 책 한 권의 저자가 되었다. 첫 출판의 도전을 마치자마자 우리는 또 각자 새로운 이야기를 꿈꾼다. 그 출발을 함께할 수 있어 기쁘고 벅차다.

2020년 12월
'가천 인문 책 프로젝트'를 시작하며,
가천대학교 인문대학

12 비록 파라다이스는 아닐지라도

- 송윤서, 이예솜

13 커피 칸타타, 한낮에 꾸는 꿈

- 김유진, 신현기, 최수빈

14 늙은 왕자

- 양혜원, 조소빈, 차소윤, 최민영

15 추억 발자국

- 김가윤, 손수민, 이창규, 정다연

16 탈피

- 김선아

17 찾았다, 프랑스! - MZ세대가 바라보는 프랑스-한국

- 강다솜, 김유경, 안미르, 이유정

18 나의 길 2022

- 홍채린, 김수민, 이예원, 김연재, 김현수, 방극현, 이유선, 임영재, 이다원, 배효정, 정유나, 안소연, 오현택, 김민주, 권라혜, 장상구, 최민수, 김해진, 신정민, 최수인, 장미리, 조성은, 배지은, 임형준, 정슬아, 정지윤, 송인동, 최대원, 김유화, 이상현, 이상훈, 권사랑, 이은지, 임정식, 이만식

19 REALTY for REAL (진짜들을 위한 부동산)
  [가천대 영어교재 시리즈-01]

- 방극현, 최대원, 송인동, 임형준

20 팝송 가사 실전에 써먹기(Popping expressions in Pop songs) [가천대 영어교재 시리즈-02]

- 배효정, 권라혜, 신정민, 이다원, 임영재, 최수인, 정슬아

21 Dumbo와 함께 말해요 [가천대 영어교재 시리즈-03]

- 김민주, 권라혜, 안소연, 정유나

22 동화로 시작하는 영어공부 [가천대 영어교재 시리즈-04]

- 장미리, 권사랑, 배효정, 신정민, 이다원, 이유선, 조성은, 홍채린